Facebok
FOX 2 NEWS

JAYZ - JUSTIN

Snow 380

0693

COLLECTION FOLIO

Jean-Christophe Rufin

La Salamandre

Gallimard

Jean-Christophe Rufin, né en 1952, médecin, voyageur, est président de l'association humanitaire « Action contre la faim ».

Il a publié en 1997 *L'Abyssin,* prix Goncourt du Premier roman et prix Méditerranée, *Sauver Ispahan* en 1998, *Asmara et les causes perdues,* prix Interallié 1999, *Rouge Brésil* pour lequel il a reçu le prix Goncourt 2001, *Globalia* en 2004, et *La Salamandre* en 2005.

AVERTISSEMENT

Chaque année ou presque, à cette époque de ma vie, je revenais à Recife. Tantôt le travail, tantôt un simple besoin de plage et de paresse m'y ramenait, en général au creux de l'hiver européen, quand là-bas le plein été et la chaleur font pâlir la mer.

Pourtant, j'ai toujours senti que ce lieu de molles délices était aussi un lieu de tragédie. « … cette mer si bleue qu'il n'y a que le sang qui soit plus rouge » : longtemps, cette métaphore énigmatique de Claudel est restée pour moi une simple image poétique. Au Brésil, elle a commencé de prendre un sens inattendu et presque prophétique. Et cette intuition flottante est devenue tout à fait claire le jour où j'ai, pour la première fois, entendu l'histoire de Catherine.

À chaque séjour et sans nécessité, j'avais l'habitude de rendre visite au consul que la France entretient, Dieu sait pourquoi, à Recife. Il m'avait, une fois, tiré d'un mauvais pas et nous en avions gardé cette amitié.

Cette année-là, je trouvai ce brave homme livide et bouleversé. Peu avant mon arrivée, il s'était occupé d'une Française dont il me raconta l'affaire en quelques mots. Nos diplomates sont préparés aux drames mais guère à ceux de l'amour. Le pauvre consul rougissait. Nous visitions le fort du Brum quand il me fit cette confidence. Les murs blanchis réverbéraient le soleil et la touffeur de l'air pouvait expliquer la suée du fonctionnaire. Je comprenais pourtant qu'une émotion plus profonde en était la véritable cause. Après avoir écouté son récit, je sentis à mon tour comme un étouffement qui m'ôtait la parole. Nous passâmes le reste de la visite à déambuler silencieusement sur les remparts, parmi les vieux canons pointés vers la mer.

De ce jour, je décidai de tout savoir sur cette femme. Je visitai les lieux de son séjour, je retrouvai les acteurs de sa vie. Finalement, je reculai devant l'épreuve de la rencontrer elle-même. J'avais sans doute endossé à ce point la tunique de son existence qu'elle ne me paraissait plus être celle de quiconque mais seulement la mienne.

De cette obsession est né le roman qu'on va lire.

La croyance traditionnelle attribue à la salamandre la capacité de vivre dans le feu.

Cette propriété est ambiguë. Selon les auteurs, il s'agit soit de la faculté de traverser les flammes sans se brûler, soit de pouvoir durablement y séjourner et s'en nourrir. Dans les deux cas, la signification de la salamandre varie beaucoup. La première hypothèse lui donne une qualité en quelque sorte passive et limitée. Dans la seconde, l'animal devient au contraire le seul et unique habitant mythique de ce quatrième milieu qui avec l'air, l'eau et la terre, eux tous abondamment peuplés, compose le monde. Les qualités de chaleur, de clarté, de pureté qui sont des idéaux de vie, sont portées à l'extrême par le feu qui les transforme en épreuve de mort.

Il s'agit donc de savoir si la salamandre se soustrait à cette épreuve et en montre les limites ou si, plutôt, elle s'y dirige, l'accepte et démontre sa fécondité.

DEBAUWE ET LESPITAOU
Héraldique raisonnée
Paris 1913

I

Le feu est la providence du voyageur. Il détourne son attention et concentre ses angoisses, lui permet d'être encore passionnément auprès de ce qu'il va quitter. Il se représente soudain son appartement ravagé par une explosion et se répète avec effroi : « Ai-je bien pensé à refermer le gaz ? » Mais Catherine était équipée à l'électricité et elle avait tout vérifié dix fois avant de quitter sa maison. Rien ne faisait obstacle entre elle et la terrifiante perspective de l'éloignement.

Il était sept heures passées. Elle attendait, assise au huitième rang de l'immense avion. Dehors, le ciel déjà noir écoulait son catarrhe sur le tarmac et le toit des hangars. Elle voyageait en novembre parce qu'il lui restait avant la fin de l'année « des jours à prendre ». Le directeur des ressources humaines le lui avait dit : « Votre zèle finit par devenir une faute, en tout cas un mauvais exemple. Un salarié doit prendre ses congés régulièrement. Les vacances ne s'épargnent pas. »

Mais Catherine avait beaucoup de mal à quitter son travail.

Un gros homme en gilet, à côté d'elle, étalait son bras sur l'accoudoir. Pendant qu'il s'était mouché, elle avait réussi à faufiler son coude. Il le couvrait maintenant et l'écrasait mais elle tenait bon. C'était la troisième fois qu'elle prenait l'avion et c'était encore trop peu pour qu'elle fût tout à fait à l'aise. D'un coup, elle sentit vibrer la molle chair de son voisin. Il n'y avait pas lieu de s'émouvoir : le métro lui aussi vibre quand il s'ébranle. La trépidation pourtant allait crescendo. Des lumières bleues passaient sur les côtés, derrière les hublots, de plus en plus vite. Soudain, la vibration cessa et le plancher se redressa, un peu comme dans la rame quand elle remonte vers la Concorde après avoir franchi la Seine. Renversée en arrière, Catherine ferma les yeux, oublia l'avion, son coude, la France, le départ, et sentit se répandre dans son esprit, apaisant comme un dictame, le mot mystérieux de Brésil.

Ce voyage était le premier depuis dix ans, excepté deux cérémonies en province et un week-end de comité d'entreprise à Luxembourg. Auparavant, elle n'avait pas accompli non plus de très grands déplacements. Elle avait vu la Suisse, la côte ligure et même le Danemark. Mais depuis, elle n'avait plus consacré un sou à ces dépenses éphémères. Tout l'argent qu'elle gagnait l'était pour construire. Elle ne s'autorisait que des acquisitions solides : achats immobiliers — elle était passée peu à peu du studio au trois pièces avec balcon et parking —, travaux d'embellissement — qui lui permettaient chaque fois de faire un bénéfice sur la vente —, mobilier de style tant qu'il était abordable, placements sûrs mais bien rétribués — et donc peu disponibles. Ces priorités assurées, il ne lui restait de fonds que pour un peu de nourriture, un minimum de vêtements et quelques rares sorties. Il lui fallait solidifier l'argent, muer son travail en capital, procédé que les marxistes appellent la coagulation. Elle avait coagulé sa vie et ce caillot obstruait tout.

À l'adolescence, les jeunes filles font un compte lucide et presque impitoyable de leurs qualités physiques. Catherine s'était accordé de jolis bras mais jusqu'aux mains qu'elle avait un peu carrées, des jambes très moyennes, grasses aux genoux, défaut encore imperceptible mais dont sa mère offrait la triste prémonition, des cheveux d'un blond distingué quoique paraissant artificiel et qui ondulaient d'eux-mêmes. Elle sut tôt que, toute sa vie, elle aurait l'air d'avoir apprêté sa coiffure quand elle la laisserait libre et qu'elle devrait passer des heures à lui donner, pour un moment, l'air spontané. Elle se voyait un visage acceptable bien que peu marquant, un nez moyen, des yeux marron, une bouche sans expression particulière. Elle ne savait ni bien sourire ni marquer la tristesse. Le seul élément saillant était, lui, exagéré : elle avait un menton proéminent et de trop lourdes proportions. Un joli menton, comme d'élégantes chaussures, est celui qui ne se remarque pas. Pour dissimuler ce défaut, elle avait étudié un port de tête un peu incliné et, dans sa main ouverte, faisait reposer — donc disparaître — la fâcheuse proéminence. Cette pose pensive lui était devenue naturelle.

Elle avait quarante-six ans, mais ce premier bilan gardait sa pertinence. Rien n'avait vraiment changé depuis sa jeunesse sinon que des rides étroites et profondes avaient entrepris leurs fines œuvres sur son visage.

Le gros homme à son côté dormait maintenant sur l'Atlantique noir. Un va-et-vient de passagers assoiffés et somnolents animait le survol des flots invisibles. Catherine, dans tout l'avion, était sans doute la seule à sentir l'océan sous elle, car elle cultivait la nostalgie des transatlantiques. L'Amérique avait habité ses rêves d'enfant sous la forme désuète et mythique du paquebot *Normandie*. Bien plus tard, à une vente aux enchères, elle avait acheté une théière marquée au sigle de la Compagnie générale transatlantique. Elle désirait qu'au moins en pensée cette traversée vers le Brésil fût un peu une croisière.

Pourquoi d'ailleurs allait-elle au Brésil ? L'occasion lui avait été donnée par une amie d'enfance. Cette Aude était mariée à un professeur qui travaillait là-bas et elle avait invité Catherine. Cependant la même amie avait déjà suivi son mari en Haïti, au Japon et à La Nouvelle-Orléans sans qu'elle fût jamais allée leur rendre visite. Cette fois-ci, Catherine avait mis en avant un prétexte économique, ces nouveaux vols à prix très réduit dont une agence voisine de son bureau faisait la promotion en vitrine. Cela non plus n'était pas un motif très convaincant : après tout Honfleur ou Cavalaire restaient plus près et moins chers. Alors ?

Peut-être était-ce plutôt cette récente visite médicale et le dialogue entre le médecin et elle, au moment où il s'était assis pour rédiger une ordonnance : « Ce sont des fibromes, mais petits, autant dire rien. Il faudra sans doute les opérer un jour ou l'autre. »

Ce n'était ni grave ni urgent, seulement un vilain mot. « Fibrome » évoquait quelque chose de rugueux et de sec, un paquet de cordes rêches qui se noue, se contracte, comme un sarment mort, là où il ne devrait y avoir que la vie.

L'idée de ce flétrissement invisible, intime,

introduisit le dérèglement dans l'existence de Catherine. Elle commença à ne plus pouvoir se réveiller le matin. Dans la grande piscine tiède du sommeil, les bords devenaient soudain trop hauts et l'empêchaient de sortir. Le soir, au contraire, elle hésitait à se coucher. Elle trouvait son lit froid, entendait partout des bruits suspects. Elle se relevait dix fois, fouillait les armoires, regardait sous les meubles. Elle s'inquiétait que quelqu'un eût pu pénétrer chez elle mais sa terreur venait de ce que, au contraire, il n'y avait personne. Elle était seule avec des objets et le temps.

Alors, partir ! Puisque sa vie était monotone, que des coups de cymbale la réveillent ! Il lui fallait des ruptures, pas trop longues, bien sûr, mais suffisantes pour redonner une saveur au reste. En somme, elle partait pour mieux revenir. Un mois serait suffisant pour repeindre ses rêves à neuf. Elle n'était jamais partie si longtemps.

Un mois ! Plus elle y pensait, plus elle se demandait ce qu'elle ferait de ce temps. Elle se dit que la seule justification des absences prolongées était les voyages lointains. La distance se nourrit de temps. Quand elle reçut la lettre de son amie Aude, elle l'accueillit comme le signe qu'elle attendait. Elle irait au Brésil.

Guère portée sur la géographie, Catherine imaginait ce pays très sommairement. Sur la côte d'Amérique du Sud, il faisait un angle saillant, un peu comme le genou d'un joueur de football. Elle imaginait vaguement que Copacabana était encore environné par la forêt vierge. Cependant, elle savait que la cour du Portugal s'était réfugiée jadis à Rio de Janeiro pour fuir l'avance des armées napoléoniennes. Elle l'avait lu dans un livre sur Talleyrand, une biographie historique comme elle les aimait.

La compagnie des hommes et des femmes illustres du passé lui plaisait. En pensée, elle évoluait au côté de Catherine de Médicis et de Frédéric II. Elle n'aurait pas voulu vivre réellement parmi eux mais elle appréciait à titre posthume leur noblesse, leur gloire et leurs petits travers. Le récit de leur vie lui donnait de bonnes raisons de ne pas frayer avec ses contemporains, qu'elle jugeait en comparaison si médiocres.

Les dépouilles de ces héros étaient enfermées dans les reliures riches qu'elle achetait à un éditeur de luxe et réglait par traites. En vérité, Catherine ne lisait guère. Son travail la fatiguait trop. Mais elle aimait sentir ces ouvrages près d'elle, bien alignés dans sa bibliothèque vitrée, à côté de la télévision. Certains dimanches, elle sortait deux ou trois lourds volumes et les cirait. C'était un peu comme si elle eût caressé la joue tannée de ces grands personnages.

L'avion berçait la troupe enfin rangée de ses

passagers endormis. Catherine commençait à s'assoupir. Elle se sentait heureuse de partir un mois en vacances au Brésil. Ce n'était ni plus compliqué ni plus original que cela.

Elle se détendit et oublia d'un coup sa passion contenue, son malheur, sa solitude, et cette rugueuse bogue d'habitudes et d'objets accumulés dont le voyage, soudain, la privait. Comment aurait-elle pu imaginer le choc qu'elle allait subir ?

II

Le voyage rêvé est image ; le voyage vécu est sensation. Peut-être est-ce le seul motif pour partir.

Dès la descente d'avion, l'air moite frappait la peau froide et rigide de l'arrivant, l'infiltrait, commençait à la dissoudre. Catherine, en tenue de demi-saison française, suait dans le dos, sur le visage, sous les bras, et elle sentait ruisseler les gouttes sur sa peau. Aude et Richard, son mari, l'attendaient à l'aéroport de Recife. Ils l'aidèrent à passer les barrages de douane, puis la foule des familles, la meute des porteurs, des changeurs et des taxis qui apostrophaient bruyamment les touristes. Il était cinq heures et demie du matin. Aude et son mari, passé les premières effusions, n'avaient qu'une hâte : pouvoir se recoucher. Ils conduisirent Catherine chez eux dans leur voiture climatisée. Les rues étaient encore désertes et noires. Des chiens à demi sauvages rôdaient autour des poubelles qu'ils avaient renversées.

Catherine prit une douche en arrivant. Elle eut beau tourner dans tous les sens les robinets chromés, elle n'obtint rien d'autre qu'une eau tiède qui la fit frissonner malgré la chaleur. Elle s'allongea un peu pour dormir mais n'y parvint pas. Pour elle, il était presque midi et elle se sentait tout à fait éveillée. Par la baie vitrée de sa chambre, une aube rose commençait de poindre sur la mer, annoncée dans le ciel par de petits nuages joufflus comme des anges baroques. Le premier rayon du soleil qui déborda de l'horizon fendit l'eau sombre jusqu'à la plage. De cette plaie, une écume de lumière s'écoula lentement des deux côtés, jusqu'à répercuter sur toute la surface des eaux la vibration aveuglante du ciel.

Catherine se releva et se promena dans les pièces encore désertes de l'appartement. Les murs en béton, peints en blanc, étaient ornés d'objets exotiques bon marché, rapportés des divers pays où avaient vécu Aude et Richard. Vers neuf heures, ils se levèrent, l'embrassèrent comme s'ils ne l'avaient pas rencontrée pendant la nuit et l'entraînèrent bruyamment sur la terrasse pour y prendre ensemble le petit déjeuner. Richard était tout fier de s'être procuré des croissants « français », sans se rendre compte que ces imitations caoutchouteuses à l'odeur d'huile d'olive avaient peu de chances de soulever l'enthousiasme chez quelqu'un qui avait sur le palais le goût des originaux. Catherine préféra dire qu'elle n'avait pas faim.

« Si nous t'emmenions te baigner ? » suggéra Aude.

Encore pleine des réflexes du bureau, Catherine accepta sans se poser de questions et se prépara comme pour aller à une réunion de travail.

On était dimanche. La ville était déserte. La population entière se rassemblait sur la plage. En arrivant au bord de l'eau, Catherine eut une sensation de panique : tout était absolument excessif. Le soleil, déjà très haut, lançait des paquets de chaleur qui raclaient la peau. Les ondulations de la mer faisaient briller jusqu'à l'aveuglement des lames de lumière blanche. Le sable, à perte de vue de chaque côté, était couvert par la foule. Ce n'était pas un alignement de corps immobiles, comme sur les littoraux français. L'ambiance était plutôt celle d'une interminable place publique. Les gens étaient assis sur des chaises pliantes ou debout, groupés autour de boutiques sommaires, où l'on vendait des glaces, des sodas, des chapeaux, de l'huile solaire, des crabes...

Beaucoup de baigneurs marchaient au bord de l'eau, seuls ou en petits groupes. Deux par deux, trois par trois, leur écoulement formait un flux perpendiculaire à celui des vagues. Ils se croisaient, se rejoignaient, se faisaient de petits signes, des sourires. Aux bruits humains des cris et des rires s'ajoutait un tintamarre d'accessoires et de machines. Des marchands ambulants passaient en agitant des clochettes, en frappant des triangles ou des tambours. Dans la foule compacte passaient des motos, des buggies. Tout près du bord, de gros bateaux à moteur frôlaient les nageurs. Des ULM volaient en rase-mottes, traînant des banderoles publicitaires. Une cacophonie de transistors mêlait leurs musiques désaccordées.

C'était, entre la ligne des gratte-ciel de l'avenue et celle, ondulante, des vagues, comme la lente parade de toutes les espèces d'humanité : Blancs au ventre blanc, Noirs de toutes nuances, métis, Indiens, cabocles…

Et, naturellement, tous étaient dévêtus ou presque. Tant de fesses, tant de seins, tant de cuisses, tant de sexes qui imprimaient leur empreinte à si peu d'étoffe affolaient la vue. Aux yeux de Catherine, ces gens étaient nus, indiscutablement nus. Ils ne portaient leurs maillots que comme la précieuse monture des joyaux de chair qu'ils entendaient mettre en valeur. Le tissu ne cachait rien, il désignait.

Elle se trempa dans l'eau tiède aux reflets boueux, soupe pleine d'algues que touillait le léger ressac. Elle en ressortit un peu écœurée. Ses amis lui recommandèrent de ne pas trop s'exposer au soleil le premier jour. Ce fut avec un grand soulagement qu'elle se laissa ramener à la maison.

Au déjeuner, Aude présenta mieux son mari à Catherine. Richard était un homme d'une cinquantaine d'années dont les cheveux déjà gris étaient assez clairsemés. Il les portait longs, presque jusqu'aux épaules. Cette coquetterie, loin de lui ôter quelques années, lui ajoutait plutôt trois siècles : il ressemblait trait pour trait au dernier autoportrait de Léonard de Vinci (celui qui figurait sur la page de garde d'un beau livre relié en cuir vert que Catherine avait placé bien en vue, sur le second rayonnage, près de la fenêtre de son salon). Richard s'était fait dévier le nez dans une mêlée de rugby, à l'adolescence. Il portait des débardeurs rayés ou des chemises à fleurs. Issu d'une famille très modeste, il avait commencé par devenir instituteur. Par le jeu des concours internes, il s'était haussé jusqu'au grade de professeur certifié et avait obtenu un poste d'attaché linguistique dans une ambassade. Depuis douze ans, il vivait cette vie de luxe tropical, sans perdre de vue qu'il devrait un jour retourner en France, dans un collège de banlieue probablement.

Il enseignait le français mais sa véritable vocation était la musique. Longtemps, il s'était cru un avenir de chanteur, et cet avenir, maintenant, lui tenait lieu de passé. À la maison, il collectionnait les instruments de musique. Il savait tous les utiliser mais sans posséder la maîtrise d'aucun.

Catherine s'efforça de le trouver sympathique. Mais elle n'aimait pas son air de routard attardé, son accent parisien. Il avait les ongles noirs et roulait ses cigarettes. Elle reconnaissait qu'il avait une grande culture littéraire et musicale, ce qu'elle trouvait d'autant plus respectable qu'il ne l'avait certainement pas reçue en héritage. Mais, pour tout dire, elle le jugeait un peu vulgaire.

Richard avait un sens de l'humour particulier, qui s'exerçait aux dépens de lui-même, et Catherine comprit que c'était ainsi qu'il charmait sa femme. À la demande d'Aude, il raconta l'histoire de son opération aux yeux.

Quelques mois plus tôt, il avait vu dans un journal brésilien une publicité vantant les mérites d'un chirurgien qui réduisait la myopie. À titre promotionnel, un fort rabais était consenti à tous les patients qui s'inscriraient avant la fin du mois. Richard avait noté le numéro de téléphone, et huit jours plus tard il confiait ses yeux à un inconnu dans une clinique flambant neuve.

« Les deux yeux d'un coup ? s'inquiéta Catherine.

— Autant être débarrassé.

— Et faire des économies, persifla Aude.

— Quoi qu'il en soit, cela s'est très bien passé, poursuivit Richard en tirant sur un mégot noirâtre. Les suites opératoires ont été simples. Sinon que, quand je suis rentré à la maison, j'étais couvert de bleus... »

Il sourit avec un petit air malicieux.

« De bleus ! s'écria Catherine.

— Oui, parce que j'avais pris un taxi...

— Quel rapport ?

— Moi non plus, je n'ai pas saisi tout de suite. J'étais assis tranquillement à l'arrière avec mes deux gros pansements sur les yeux quand j'ai entendu des cris. Il m'a fallu un moment pour comprendre que le taxi était en train de se faire braquer. Je n'ai jamais su si c'était un coup monté. Il est bien possible que le chauffeur ait prévenu lui-même des copains en voyant monter un aveugle. En tout cas, ils m'ont roué de coups jusqu'à ce que je leur donne mon argent, mon téléphone et ma carte de crédit avec le code. »

Tout cela avait l'air de faire beaucoup rire Aude. Cependant à travers la grille du jardin, Catherine regardait avec inquiétude les passants qui marchaient calmement sur le trottoir ensoleillé. Il était bien difficile d'imaginer la violence dans un tel décor.

« C'est le Brésil, conclut Richard avec un sourire un peu pensif, un peu méprisant aussi. Des chirurgiens formés aux dernières techniques et des types dans la rue qui tueraient un aveugle pour dix dollars… »

*

Le lendemain, Richard n'était plus là. Il partait travailler tôt et restait absent jusqu'au soir. Catherine se retrouva seule avec Aude. Dès le petit déjeuner, elles commencèrent un bavardage nerveux coupé de petits rires. Les connivences de jeunesse gardent souvent cette niaiserie qui est à la fois signe de reconnaissance et volonté désespérée de montrer à l'autre que rien n'a vraiment changé.

Aude était de deux ans plus âgée que Catherine. La nature ne l'avait guère favorisée pour l'apparence physique et elle ne faisait aucun effort pour tirer un meilleur parti de son nez épaté, de sa peau grasse, de ses cheveux cassants, ternes, vaguement frisés. Mais elle n'était pas pour autant résignée. Elle faisait simplement comme si le combat eût été livré et gagné. Aussi marchait-elle comme une princesse à son couronnement. Lorsqu'elle entrait dans une pièce, elle s'arrêtait en tenant d'une main le chambranle de la porte, dilatait ses narines, et semblait engouler les vapeurs de désir qu'émettaient sans nul doute les mâles à sa seule vue. Catherine avait toujours été abusée par cette assurance. Elle était consciente de la disgrâce physique de son amie mais, après tout, ce jugement n'engageait qu'elle. L'œil masculin était sans doute autre. Si immérités que ces hommages lui parussent, elle croyait aux succès d'Aude. Leur amitié se fondait sur ces deux incompréhensions : l'admiration de l'une et l'autorité de l'autre.

Catherine jugea son amie épanouie par l'âge.

« Il y a cinq ans que je ne t'ai pas vue.

— J'ai changé ? demanda Aude avec une moue de coquetterie qui donnait déjà la réponse.

— Tu es magnifique. »

Aude avait en effet gagné à ce séjour équatorial. Le soleil avait asséché sa peau et masquait les dernières luttes du derme contre la séborrhée. Le surcroît d'embonpoint lié à l'âge avait équilibré ses masses et fait reprendre aux hanches ce que les épaules leur avaient toujours dû. Il y avait en elle, à défaut de beauté, une santé nouvelle.

« Je suis tellement heureuse avec Richard ! »

Elle ne détaillait pas, suggérait seulement qu'il avait toutes les qualités y compris certaine vigueur propre à lui donner cet air si satisfait. Elle ajoutait des propos assez vagues sur la sensualité du lieu, le trouble de sa moiteur, les sursauts violents et tendres de son peuple.

« Les gens sont proches de la nature, ici. Ce sont des sauvages, dans leur genre ! »

Aude eut un petit rire animal qui indiquait assez combien ce naturel devait être contagieux.

Elle proposa à Catherine de faire le tour de la ville. Dans son buggy rouge vif décapoté, avec ses lunettes de soleil Chanel, sa courte robe à pois, ses cheveux en chignon, Aude se sentait irrésistible. Un petit autocollant, à l'arrière, proclamait en toute simplicité : « Attention : star à bord. » De pauvres hères, dans les rues, la regardaient passer, et sur eux qu'aurait satisfaits la moins dégrossie des femelles déferlait comme une gerbe de boue l'évidence inutile de sa sensualité. Aude exultait.

À grande vitesse, elles traversèrent les quartiers misérables du centre-ville, virent de loin la façade baroque des principaux couvents et des églises : les Carmes, Notre-Dame-des-Hommes-Noirs, l'église des Esclaves, et São Pedro, avec son petit patio carré où ne subsiste plus un coin d'ombre, à partir de dix heures du matin. Rien n'est subtil comme ce style de la Contre-Réforme, si monotone en apparence, si divers en ses détails. Rien n'est moins fait pour être vu depuis un buggy lancé à toute allure.

Elles passèrent dans les rues encombrées d'étals du marché São José. Aude eut le plaisir en forme d'irritation de chasser les petits vendeurs de citrons. Pouilleux, souriants, nu-pieds, ces gamins approchaient, selon elle, moins pour lui vendre leur marchandise que mus par une fascination charnelle encore inconsciente à leur âge. Aude agitait le bras pour les éloigner. Elle prenait plaisir à répandre sur eux un peu de son parfum lourd et leur jetait ces effluves comme elle l'aurait fait d'une aumône.

De l'autre côté d'un pont, elles entrèrent dans le quartier du port. Aude désigna les vénérables immeubles ocre et rouge qui alignaient le long des docks leurs façades lézardées aux fenêtres blanches.

« Il n'y a plus que des putains, maintenant, là-dedans. Quand il arrive un bateau, les équipages entiers s'y engouffrent. Tu t'imagines ? Avec la chaleur qu'il fait ! »

Elle riait. Catherine se souvenait de l'avoir toujours connue désinvolte avec les choses du sexe. Elle en avait toujours su plus qu'elle, et plus tôt.

Après la fournaise du centre-ville, elles allèrent à la plage. Catherine ne reconnut rien de ce qu'elle avait vu la veille. Elle commençait à s'habituer à la forte lumière de l'équateur. La mer lui parut d'un vert pâle très doux. Sur la grève, il ne restait plus grand monde de la foule du dimanche. Les marchands ambulants étaient les seuls ou presque à se déplacer. Les baigneurs assis étaient plus clairsemés. C'était un jour de semaine.

Aude avait choisi un endroit différent, un peu plus éloigné de chez elle. Le sable y formait des petites dunes plantées de cocotiers qui isolaient du bruit de l'avenue. Des cabanes de bois et de palmes, construites tous les cent mètres environ, servaient d'entrepôts pour les noix de coco fraîches et de débit de boissons.

« Prends l'habitude de te repérer à ces baraques. Cela permet de se donner rendez-vous facilement. Celle-ci s'appelle la baraque de Conceição. »

Dans la cabane, derrière le bar, on apercevait la silhouette d'une vieille femme aux cheveux blancs.

« C'est elle, Conceição. Elle emploie des gamins abandonnés pour vendre ses sodas et ses bières. »

Deux enfants très noirs de peau, presque nus, se tenaient devant le bar et scrutaient la plage, prêts à courir vers le client qui leur ferait signe.

Elles revinrent le lendemain et les jours suivants, selon le rythme alangui de cette vie oisive. Aude, qui n'avait jamais terminé ses études de puéricultrice, n'était autorisée à faire que des remplacements. Elle avait trouvé un travail à l'école américaine, mais ne commencerait que le lundi suivant. En attendant, elle accompagnait Catherine. La plage était à la fois un repos et leur seule fatigue, un but et le moyen de tuer le temps, un achèvement et une préparation à la beauté, au bien-être. Catherine s'y abandonnait avec une facilité qui la surprit. Elle perdit ses réflexes d'animal dressé : en trois jours, elle s'habitua à manger sans horaire, à dormir n'importe où, dans le bruit, en plein jour.

Suivant la mode brésilienne, elle n'emportait rien à lire. Le temps passait à regarder ceux qui marchaient, à commenter l'assemblage des couples. Dans le parage de ces dunes, l'activité amoureuse était plus intense que sur les plages ordinaires. Catherine comprit quel surcroît d'intérêt pouvait justifier qu'Aude y eût pris ses habitudes.

« Regarde ces deux-là », disait-elle, toujours cachée par ses lunettes de soleil.

Catherine scrutait la plage et repérait avec retard ce que le radar d'Aude avait déjà capté — elle avait toujours été moins rapide pour ces choses. Cette fois, c'était un couple qui marchait en se tenant par la main. Lui était grand, blond, très rouge sur le ventre. Elle avait des cheveux crépus, la peau bronzée.

« C'est forcément un *gringo,* commenta Aude, sans bouger derrière ses larges lunettes noires à bordure pied-de-poule. Il n'y a qu'un *gringo* pour aller se promener comme ça avec une *mulata.* »

Catherine détailla la fille, qui approchait. Son bronzage, en effet, était sans doute excessif pour que le soleil seul en fût responsable. Et elle avait des lèvres charnues qui, à bien les considérer, évoquaient peut-être l'Afrique. Voilà donc, pensa Catherine, ce que l'on appelait une « mulâtresse ».

« Est-ce que les Brésiliens blancs sont racistes ?

— Évidemment. Bien sûr, pour ce qui est de coucher ensemble, Noirs et Blancs, ils ne s'en privent pas. Mais en cachette. »

Le couple passa tout près. Aude était impassible et Catherine s'efforça d'imiter son détachement. Puis l'homme et sa compagne se dirigèrent vers les dunes, dans une petite vallée de sable qui disparaissait rapidement, cachée par un fouillis sec de joncs de mer et de plantes grasses.

« Ça va lui coûter cent cruzeiros, ricana Aude, sans compter les antibiotiques. Bon courage ! »

Dans les conversations de plage entre les deux amies, un seul sujet prenait un intérêt renouvelé : les hommes. Aude faisait à leur endroit des commentaires critiques mais qui n'étaient pas assassins. À la différence des femmes qu'elle exécutait sans pitié, elle triait honnêtement chez les hommes le bon et le mauvais. On sentait qu'elle cherchait à éclairer un choix. Bien que, selon toute évidence, ce fût son désir propre qu'elle exprimait, elle feignait de ne prendre en compte que les intérêts de Catherine. Et, retrouvant leurs anciens usages, Catherine acceptait la responsabilité d'avoir à vivre ce que son amie, sans doute, désirait.

Dès le lendemain de son arrivée, Aude lui fit acheter un nouveau maillot de bain. Celui que Catherine avait apporté était démodé. Sur les plages brésiliennes, la vie sociale impose ses règles avec une fausse bonhomie. Il faut être soigné et à la mode : pas une aisselle qui ne soit rasée, pas un bikini dont une stricte tonte n'ait dégagé les bords. Catherine, sur les indications d'Aude, s'appliqua dès le deuxième soir à se raser pour accueillir le très étroit maillot qu'elle lui avait conseillé de choisir. Elle sentit avec trouble la lame attaquer profondément sa toison. Il y avait dans cette défloration l'annonce de touchers inédits et les chemins qu'elle traçait dans cette brousse, d'autres allaient les suivre peut-être et même les prolonger.

Préparée intimement, rougie par le soleil, bientôt brune, Catherine se sentit envahie par l'assurance d'Aude. Elle avait la conviction que tous les hommes la regardaient. Cette extase dura trois jours. Puis elle s'avisa que, si grande que fût la passion de tous ces mâles, aucun ne s'était encore approché pour la lui manifester. Elle repoussa le doute ; le plaisir se fit attente et espoir. Cependant, rien ne venait.

Le quatrième jour, elle vint seule à la baraque de Conceição. Aude était partie quarante-huit heures à Brasília avec Richard pour un congrès de professeurs. Catherine s'installa à la place habituelle. Une heure à peine se passa. Tout à coup, un grand garçon sorti de nulle part s'assit à côté d'elle et lui sourit.

III

Elle était là, assise sur sa chaise de plage, et lui étendu sur le sable à une distance respectueuse. Mais en tendant le bras, elle aurait pu le toucher. Le peu de tissu qui les couvrait dissimulait mal qu'ils étaient nus, homme et femme côte à côte, et cela, elle ne l'avait pas vécu depuis bien des années.

Il ne parlait pas français, sauf quelques mots : « Bonjour, mademoiselle ; voulez-vous vous promener avec moi », et deux ou trois expressions qu'il réservait sans doute aux phases ultérieures de la séduction. Il possédait évidemment les mêmes outils en italien, en anglais et en allemand.

Deux détails la frappaient quand elle le regardait : sa très grande jeunesse et le relief extrêmement musculeux de son corps. La ligne de ses pectoraux était tracée comme à la gouge ; on pouvait compter les capitons de ses abdominaux ; sur ses côtes, l'attache des muscles formait un escalier, et quand il remuait, ce dessin s'accentuait. Sa peau fine semblait rendre transparente la mécanique de muscles, de tendons et de veines qu'elle couvrait.

Il s'appelait Gilberto. Il lui fit répéter trois fois jusqu'à ce qu'elle eût bien noté que le « l » brésilien se prononce « ou » devant une autre consonne : *Gioubeerto*. Il écorcha avec application le nom de Catherine et dans un rire prit fin la seule conversation que Robinson et Vendredi purent tenir lors de leur première rencontre.

Au-delà, il restait les mains et ce n'était pas la moindre angoisse de Catherine de se voir contrainte d'en faire usage quand elle eût aimé au contraire s'évader dans la parole et tenir sa peur à distance par un bavardage. Elle lui demanda par signes s'il voulait quelque chose à boire. Il héla la vieille Conceição qui envoya vers eux un gamin chargé de deux bières et de gobelets en plastique. Elle paya.

En buvant doucement leurs « Antartica » fraîches, ils regardaient tous deux la mer. Mais qu'elle tournât la tête vers lui et il pointait sur elle ses yeux noirs brillants, des yeux si impudiques, si directs, si tendres et si durs qu'elle n'en pouvait soutenir le feu. Elle remit ses lunettes de soleil sur son nez et s'allongea sur le ventre.

Un peu plus tard, Gilberto fit signe que le

soleil était très fort. Calmement, il saisit la crème solaire, l'ouvrit et commença de la lui étaler sur le dos. Elle sentait dans ce geste quelque chose de convenu, un piège grossier, mais elle se laissa faire. Il avait agi avec naturel, une autorité qu'il lui était impossible de récuser sauf à rompre elle-même l'harmonie. Pas un mouvement pendant ce lent massage ne fut indiscret. Mais dans le cheminement ferme de sa main ointe de graisse, elle sentait de la sûreté, une force convaincue, l'assurance de dominer. Depuis combien de temps n'avait-elle pas été touchée pour que sa chair frissonne ainsi et bâillonne tout ce qui, en sa raison, lui ordonnait de se soustraire et d'avoir peur ? Il referma le tube et s'essuya la main sur la cuisse.

Une demi-heure passa sans qu'ils tentent de rien dire. Des couples marchaient le long de l'eau et dans les dunes. Ce ballet de pur plaisir semblait mû par les seuls courants de la chaleur et de la mer.

Catherine restait d'ordinaire jusqu'à quatre heures de l'après-midi. Mais à deux, elle fit signe au jeune garçon qu'elle allait partir. Il s'accroupit, se tourna vers elle et lui fit comprendre qu'ils dîneraient ensemble ce même soir.

« *Praça da Boa Viagem,* dit-il.

— Place de Boa Viagem, traduit-elle. Oui, je connais. »

C'était tout près de l'appartement d'Aude et de Richard.

« *Dezenove horas.*

— Dix-neuf heures ? »

Il fit signe que oui.

« D'accord. »

Il secoua ses cheveux bouclés et sourit, il lui manquait deux dents sur le côté, en haut. Mais cette imperfection ne la dégoûta point. Elle que le moindre défaut physique détournait d'un homme ne vit là que l'outrage fait à une belle chose, comme la mutilation d'une statue antique n'ôte point mais souligne au contraire ses autres beautés.

Elle prit son petit parasol, son pliant, sa serviette et son sac de plage. Tandis qu'elle contournait les dunes, elle sentit les yeux noirs la suivre. Elle eut honte de ses cuisses trop larges, voulut marcher de travers pour affiner sa silhouette, trébucha, se reprit, alla dignement jusqu'à l'avenue. Quel âge pouvait-il avoir ? Dix-sept ans ? Dix-huit ?

Et moi ? songea-t-elle sans ressentir pourtant de mélancolie.

*

Seule dans l'appartement d'Aude, entourée du silencieux quadrille des femmes de ménage,

Catherine avait moins à craindre de poursuivre sur la voie où elle s'était engagée que de s'interroger sur ce qu'elle allait faire. Elle organisa les quatre heures dont elle disposait de façon à en meubler chaque instant par une action. Il lui fallait d'abord écrire les cartes postales qu'elle avait achetées. Puis elle se prépara, prit un bain, lava ses cheveux, repassa elle-même sa robe, l'essaya, changea d'avis, en repassa une autre, se maquilla, but un porto, un second, revint se laver les dents, sortit.

Gilberto attendait le long de la place, du côté de la mer. Il était vêtu d'un jean blanc et d'une chemise en toile à manches courtes de belle qualité. Le tissu léger était imprimé de motifs turquoise et bleu sombre. Catherine arrêta la voiture un instant et il monta.

L'essentiel était de ne pas penser. Elle connaissait un seul restaurant dans la ville, là où Aude et Richard l'avaient emmenée dîner le lendemain de son arrivée. Elle y retourna de mémoire en suivant l'avenue qui borde la mer. L'entrée était en haut d'une rampe où l'on accédait en voiture. Elle confia les clefs à un portier et ils entrèrent. Projetés dans l'immense hall du restaurant, Gilberto et elle étaient là comme sur une scène : un cercle de serveurs désœuvrés les regardaient silencieusement. Il était très tôt, il n'y avait encore aucun client. Le maître d'hôtel les installa dans un recoin peu éclairé et ils commandèrent rapidement. Catherine se sentait environnée de reproches muets. Pendant tout le repas, ils n'échangèrent pas dix mots. Les premiers clients commencèrent enfin d'arriver, femmes très habillées, couvertes de bijoux, hommes impeccables en tenue dite de « sport fin », c'est-à-dire faite de l'assemblage décontracté de vêtements chers et de bonne coupe. Ils avaient tous une façon presque grossière, en faisant mine de ne pas avoir vu cette étrangère mûre et ce jeune Brésilien, de ne regarder qu'eux. Catherine demanda l'addition et paya discrètement. Mais elle fit une erreur dans le compte, et le maître d'hôtel, entouré de trois garçons oisifs, vint s'expliquer lourdement. Elle ajouta d'autres billets, trop sans doute, et se leva sans attendre sa monnaie.

Une fois sorti de ce sépulcre, encore fallait-il savoir où aller. Gilberto vit le trouble de Catherine et dit calmement :

« *Tem um bar que se chama* Som das Águas. *Vamos* * ? »

C'était au fond d'une ruelle du vieux quartier de Graças, entre deux alignements de villas rococo aux jardins exubérants et mal entretenus. La bourgeoisie a fui cet ancien séjour pour envahir le bord de mer. Pourtant, à la différence des quartiers du

* « Il y a un bar qui s'appelle *Som das Águas.* On y va ? »

port et de Boa Vista, ce départ n'a point précipité la chute et attiré la misère. Graças est devenu un quartier de cliniques, de cabinets médicaux, de sièges sociaux d'entreprises.

Le bar était un complexe de paillotes au bord du puant *rio* Capibaribe. Il n'y avait pas encore grand monde. Le maigre éclairage donnait à l'ombre toute la place et peuplait l'espace de contours vagues, de volutes, d'illusions. La grande démocratie de la nuit égalisait les peaux, fondait les corps, confondait les âges. Un orchestre en sueur barattait l'obscurité sur des rythmes agacés.

Ils avaient maintenant de bonnes raisons de ne rien se dire. Des couples ou des groupes entraient, s'installaient aux tables, près du *rio,* sous les paillotes, plus ou moins près de la musique mais sans pouvoir vraiment lui échapper. Catherine n'arrivait pas à se faire entendre, tant le vacarme était fort. Elle appelait Gilberto et il ne comprenait pas. Il se pencha vers elle et lui souffla dans l'oreille que Gil, simplement Gil, était plus facile à crier. Tout le monde utilisait ce diminutif.

Une serveuse vint leur apporter des boissons. Elle cocha le prix sur les petits cartons préimprimés qu'ils avaient reçus à l'entrée. Gil proposa à Catherine de danser. Elle voulut dire qu'elle ne savait pas, mais il la saisit fermement.

Elle le suivit. Il n'y avait qu'à s'ouvrir à la musique, à nier toute résistance, à entrer en résonance, en fusion. Catherine n'eut pas l'impression d'y parvenir très bien, mais Gil n'en laissait rien paraître. Il lui souriait et, à le voir marquer si bien le rythme, elle eut peu à peu l'illusion de le faire aussi.

Ce qui les différenciait donnait sa force à leur assemblement : l'âge de l'un et de l'autre, le sexe de l'un et de l'autre, la force de l'un et l'abandon de l'autre, l'une blonde et l'autre moreau.

Ils retournèrent trois fois à leur table boire cet alcool de canne mêlé de citron, de sucre et de glace, doux dans la gorge comme un sirop, mais qui flambe dans les veines et dévore la tête. Trois fois, ils revinrent danser sur la piste de plus en plus encombrée où les corps unis par la musique et la sueur se heurtaient à coups de hanches.

Enfin, ils rentrèrent à l'appartement d'Aude. Catherine, bien qu'elle eût la certitude d'avoir conduit, perdit conscience. De cette nuit, elle garda des images extrêmement précises mais sans ordre, jetées dans le grand sac du souvenir avec la hâte joyeuse du voleur de poules. À six heures du matin, le soleil frappa sur la peau tendue de la mer et Catherine s'éveilla. À plat ventre, les bras écartés, la tête tournée vers le mur, un grand corps cuivré reposait à côté d'elle. Elle fut étonnée de le voir là tant il lui semblait qu'il était encore tout entier en elle.

IV

Étendue sur la plage, près d'un cocotier au tronc très incliné, Catherine ne regardait les couples et la mer que pour tromper son attente. Elle avait fait le récit de sa rencontre à Aude dès son retour. Son amie, allongée à ses côtés, était aussi impatiente qu'elle de voir le fameux séducteur. Il avait promis, en partant, de passer dans l'après-midi aux abords de la baraque de Conceição. Elles attendaient.

Catherine avait l'esprit encombré par une seule question qui l'empêchait de penser simplement à ce garçon : était-il oui ou non un gigolo ? Elle était à cette phase tout élémentaire de la perception où l'on ne peut se figurer un objet qu'après avoir obtenu une idée de sa nature. C'est le cas, par exemple, pour ces plats dont on doit s'enquérir s'ils sont sucrés ou salés avant d'en imaginer les délices. Si Gil était un professionnel, mû par l'argent et indifférent à elle, il serait ridicule de concevoir pour lui le moindre sentiment. Voilà ce que pensait Catherine. Mais dans le même temps, comme elle avait déjà conçu ce sentiment et qu'elle en était envahie, elle cherchait toutes les raisons pour écarter cette hypothèse gênante. Elle se répétait notamment qu'il ne lui avait pas demandé d'argent et cet argument lui paraissait chaque fois plus convaincant. Pourtant le doute restait.

Vers deux heures, il arriva, embrassa Aude sur les joues et posa sur les lèvres de Catherine un court baiser. Il s'assit près d'elle et annonça qu'il était pressé. Il avait quelque chose à faire chez lui et n'avait que le temps de prendre une bière. Catherine lui souriait, mais elle ne pouvait toujours rien lui dire à cause de la langue. Aude saisit cet avantage et entama en portugais une conversation nourrie, coupée de rires, d'exclamations. Elle était fière de montrer à son amie sa maîtrise de cette langue et se gardait bien de traduire quoi que ce soit. Catherine, au ton et à quelques lambeaux de phrases qu'elle saisit, se douta qu'Aude menait une enquête serrée pour savoir « à qui elle avait affaire ». Elle nota qu'elle avait gardé ses lunettes de soleil, ce qui lui permettait sans doute de compléter le bilan psychosociologique par une très minutieuse observation anatomique.

Gil partit en les embrassant de nouveau. Aude fut chargée de traduire pour Catherine l'heure et le lieu du rendez-vous qu'il lui proposait pour le soir même. Elle dit qu'elle y serait, et Aude, pour la forme, traduisit cet acquiescement.

« Il est sympa, dit Aude après le départ du garçon. Mais tu ne m'avais pas dit que c'était un nègre.

— Comment ça, un nègre ?

— Disons, un métis. Tu n'as pas vu qu'il était bien bronzé ?

— Si, justement, il est bien bronzé, voilà tout.

— Tu me fais rire. Tu as dû voir s'il était comme ça partout ! »

Aude aimait ces conversations crues. Elle savait qu'elles déconcertaient Catherine. Effectivement, celle-ci baissa les yeux et n'osa rien répondre.

« Ne t'en fais pas, reprit Aude. Je n'ai aucune objection à utiliser les Noirs pour cela. Je crois même qu'ils ont des dispositions exceptionnelles. Celui-là est bâti comme une panthère et il doit connaître son affaire. Toutes mes félicitations ! »

Catherine rougit. Elle avait beaucoup de mal à s'exprimer sur ces thèmes. Mais en même temps, cette conversation lui plaisait. Elle lui plaisait d'abord parce qu'il s'agissait de Gil. Ensuite et surtout parce que Aude formulait des pensées qu'elle concevait elle-même sans avoir le courage de se les avouer.

Aude discourut longtemps sur les mérites du

sexe pur, les bienfaits que plusieurs de ses amies avaient récemment trouvés dans des relations charnelles. Elle fit l'éloge du corps, de la jeunesse, d'une certaine proximité avec la terre qui donne à ces hommes frustes une force inégalée. Catherine la suivait avec plaisir.

« Je crois, dit finalement Catherine, que je me suis trop compliqué la vie avec les hommes.

— Bien sûr ! Il faut s'en servir, voilà tout. Mais la question principale, c'est de bien savoir les choisir. Finis les vieux cadres ramollis, on doit les prendre vigoureux et jeunes. Qu'est-ce que cela peut bien faire qu'un type ait vingt ans de différence avec toi ? Si c'était pour se marier, d'accord, il faudrait réfléchir. Mais il ne s'agit pas de cela. Il est seulement question de faire l'amour. Là, il n'y a même pas de discussion. »

Après une troisième bière, Catherine était très gaie. Elle rit beaucoup aux paroles d'Aude et dit qu'elle était bien d'accord. Elle se sentait en harmonie avec ce soleil et cette mer si chaude, eux qui ont à la fois, et pour toujours, la force, la beauté et la puissance.

À vrai dire, elle se sentait délivrée. D'abord, elle était contente qu'Aude l'encourageât. Elle avait eu un peu peur de lui présenter Gil. Et puis il y avait cette question qui la préoccupait et à laquelle, maintenant, elle avait la réponse. Dès que Gil était arrivé près d'elles sur la plage, il lui avait semblé évident qu'en effet il s'agissait bien d'un gigolo. Elle l'avait vu avec un autre regard, celui sans pitié d'Aude, et il n'y avait aucun doute possible. Ce garçon était un professionnel.

Tant que cette idée n'était qu'une hypothèse, elle l'avait terrifiée. Maintenant qu'elle s'était muée en certitude, Catherine s'en trouvait rassurée et satisfaite. C'était un gigolo et tout était parfait ainsi. Elle qui avait si longtemps opposé les êtres qu'elle fuyait et les choses qu'elle s'appropriait, elle avait trouvé une manière de synthèse : un être à vendre. Elle n'avait rien à craindre. Dans le marécage du sentiment, elle avait connu le doute ; sur le marché du sexe, elle trouvait la franche certitude, le respect de la parole, du contrat, la tranquille force du prix. Elle était en droit d'exiger l'ardeur et la compétence, le savoir-faire et l'hygiène. Elle avait été très agréablement surprise de voir avec quel naturel Gil avait recouru au préservatif.

Elle comprit de quoi était faite cette relation d'un type nouveau pour elle. Bien sûr, ce garçon ne lui demanderait pas d'argent à la passe. Il ne s'agissait pas de prostitution directe, sordide et bien naturellement créée par le grossier esprit des hommes. Il allait plutôt se faire doucement entretenir, comme hier, comme ce matin quand elle avait de nouveau payé sa bière chez Conceição. Et cet échange stable fixait à son poids de monnaie les caresses et les sentiments. Le mot était juste : les sentiments. Car ce qu'elle faisait pour lui l'était avec plaisir et tendresse, et il lui semblait qu'il en était de même de son côté.

Il lui avait fallu traverser des continents de bêtise bourgeoise pour parvenir enfin à cette très simple paix. Tout le monde gagnait à l'abdication de cette notion ridicule et déformée que nous avons de la dignité. Personne ne s'abaissait dans cette transaction. Cela donnait à méditer sur l'esclavage et ses paradoxes. N'était-ce pas au fond la suprême jouissance que de remettre les trésors de son être intime à qui sait se les approprier ?

Loin de vouloir atténuer cet aspect vénal, elle résolut au contraire d'y céder d'elle-même. Il lui fallait éviter de placer Gil en position de devoir demander. Elle devait lui montrer qu'elle évaluait à son juste prix l'attention qu'il avait pour elle. L'après-midi, elle accompagna Aude au centre commercial, lui dit qu'elle voulait flâner un peu toute seule et alla choisir une chemise pour Gil. Elle avait noté d'où venait celle qu'il portait la veille et choisit un autre modèle. Elle s'acheta aussi un pantalon pour elle-même, de façon à pouvoir répondre à la prévisible question d'Aude sur son achat. Elle ressortit très gaie, serrant sous le bras ce paquet où était lié d'un simple raphia le produit mêlé de beaucoup de tendresse et de quelques billets de banque.

Le soir, elle retrouva Gil au même endroit. À l'heure qu'il lui avait fixée, il n'était plus temps de dîner ; ils allèrent directement dans un bar. Gil prit sans étonnement le paquet que lui offrit Catherine en tremblant un peu et elle lui sut gré de ne pas s'abaisser à dire merci. Seulement plus tard, pendant qu'ils étaient couchés sur le lit dur de Catherine et que le ronronnement du climatiseur rythmait de sa houle leurs caresses, elle vit qu'il redoublait d'ardeur et entreprenait de déverrouiller chez elle jusqu'aux portes les plus dérobées du plaisir. Elle se dit qu'elle touchait la contrepartie exacte de son cadeau. Tout lui était rendu, du sentiment comme du prix. Elle eut cette impression délicieuse du client nouveau qui, prenant livraison de la grosse commande qu'il vient de faire, entend la bouchère lui adresser un « au revoir, monsieur, et à bientôt », lardé d'émotion véritable et pesé aussi précisément que le rôti.

V

L'enfance de Catherine s'était écoulée dans un petit village du Perche qu'une grande manufacture de cartonnage avait dévoré comme un cancer. Bien qu'aux alentours on pût encore apercevoir des champs, des bois et des étangs, le hameau n'était plus qu'une petite cité-dortoir, une minuscule banlieue industrielle d'où chaque matin tous les hommes partaient pour l'usine.

Les enfants y étaient élevés avec les yeux fixés sur la haute cheminée de brique, sur la verrière des ateliers. Ils ignoraient tout d'une nature dont leurs parents avaient été si bien arrachés qu'il était même inutile de les en éloigner.

Le père de Catherine était ouvrier. Le destin semblait l'avoir condamné à obéir sa vie durant aux contremaîtres. Catherine avait seulement cinq ans quand tout à coup son père fut rejeté hors de l'usine, c'est-à-dire hors de la vie. C'était en 1945. La guerre s'était passée bien tranquillement pour eux. Mais la Libération amena dans leur maison, un matin, un groupe furibond de maquisards et de poissardes qui tirèrent son père du lit et l'entraînèrent à la gendarmerie. On le menaça d'être fusillé. Il fut seulement battu, mais battu si fort qu'il en sortit paralysé des deux jambes. Il n'y eut jamais de procès tant l'affaire était embrouillée et louche. Mais plus tard, beaucoup plus tard, en vidant la maison de ses parents après leur mort, Catherine acquit la certitude sinon la preuve qu'il avait bel et bien passé toute la guerre à dénoncer des résistants dans la région (la ligne de démarcation passait à cinq kilomètres). Il avait envoyé à la mort un médecin du bourg, le cousin du propriétaire de l'usine et une châtelaine des environs qui passait tous les matins en voiture devant chez eux.

Sur le moment, Catherine ne comprit rien. Elle vit seulement l'homme qu'elle embrassait chaque matin ramper devant la porte, couvert de crachats et de sang, et pleurer.

Sa mère dut chercher un emploi. Comme l'usine ne voulait pas d'elle, elle fit des ménages au presbytère et chez le nouveau médecin qui venait de la ville. Une barre scellée au-dessus du lit permit à son père de s'asseoir seul et de tresser des paniers de jonc que la famille vendait le dimanche sur le marché.

À seize ans, Catherine entra à son tour à l'usine. On l'affecta au compactage. Son travail consistait à actionner une énorme presse hydraulique dans laquelle on écrasait les vieux cartons pour en recycler la matière. Comme ces emballages de récupération contenaient encore des détritus, leur écrasement faisait jaillir des jus collants et louches qui attiraient les rats. Les employés des presses avaient inventé un petit jeu pour se désennuyer. Il fallait guetter l'arrivée d'un de ces énormes surmulots, le laisser prendre goût au vilain brouet qui salissait le fond de la presse et, tout à coup, l'actionner. Les points marqués étaient fonction de la surface. Une bête de bonne taille pouvait couvrir jusqu'à un mètre carré.

Catherine se croyait heureuse. Mais, une nuit, elle rêva qu'elle était à la place du rat. Elle revint à l'usine le lendemain pleine d'angoisse. L'idée de rester jusqu'à sa mort devant cette presse, dans ce vacarme, ces odeurs, cette sinistre banalité des choses et des gens, lui était insupportable. Ce dégoût lui donna pour la première fois l'idée d'une volonté et presque d'une révolte. Elle demanda à aller à Paris où son père avait une demi-sœur. Seule la perspective d'un meilleur salaire — dont elle s'engageait à leur envoyer les trois quarts — décida ses parents à accepter.

À Paris, elle travailla d'abord comme manœuvre puis apprit au cours du soir à taper à la machine.

Elle devint secrétaire dans de petites sociétés où les horaires de travail n'étaient jamais limités. À vingt et un ans, elle gagna suffisamment pour pouvoir louer une chambre sordide, mais où elle était enfin indépendante.

La première manifestation de cette indépendance fut d'inviter qui elle voulait, même des hommes. Elle fit la connaissance dans son entreprise d'un garçon un peu plus âgé qu'elle. Roger était roux, attentionné, ne buvait pas. Il lui enseigna l'amour charnel. Elle reçut cette révélation avec étonnement et intérêt. Mais elle gardait la conviction qu'il s'agissait d'une chose superflue puisque ses parents, par exemple, s'en privaient sans apparent dommage.

Après un an de vie commune, elle présenta Roger à sa famille. Son père lui fit mauvais accueil, mais accepta qu'elle se marie. Le marié étant communiste, la cérémonie se réduisit à une double signature sur le registre de la mairie du XIXe.

Au bout de six mois, Roger s'avisa que dans les comptes du ménage manquait une part importante de ce que gagnait Catherine. Elle avoua qu'elle continuait d'envoyer cette somme à ses parents. Ils se disputèrent et le sujet empoisonna à ce point leur vie qu'ils se séparèrent au bout d'un an. Au fond d'elle, Catherine savait bien que cette version des faits n'était pas la bonne. Elle n'avait rien fait pour calmer une polémique qui, en vérité, l'arrangeait bien. Très vite, ce mariage lui avait pesé. Elle regrettait de n'avoir pas profité de son indépendance. Elle se sentait de nouveau figée dans une position sociale immuable. Roger n'avait aucune ambition. Il l'attachait à cette misère molle, cette misère de bureau qui ressemblait si fort à celle de l'usine. Elle était de nouveau à la presse et de nouveau à la place du rat.

Mais, d'autre part, elle aimait bien sentir près d'elle la chaleur de quelqu'un le soir dans son lit. Elle préféra donc penser que ce divorce était un malheur et en fit retomber le reproche sur ses parents, espérant se libérer par là d'une autre dépendance.

Elle avait connu Aude à cette époque. Sous son influence, elle avait multiplié les liaisons sans y trouver autre chose qu'une solitude et un dégoût décuplés par des présences indiscrètes et impudiques. Puis Aude partit à l'étranger et Catherine connut une longue phase de solitude et de concentration.

Elle fut embauchée dans un journal comme secrétaire et y gravit les échelons patiemment. En dix ans, elle parvint à des responsabilités dans l'administration du groupe, devint cadre et commença de se voir témoigner la confiance de la direction.

Son père était mort peu après son divorce. Sa mère s'était remariée avec un agriculteur de la région. Catherine n'envoyait plus d'argent. Elle pouvait vivre confortablement. Mais confort pour elle voulait surtout dire sécurité. Elle ne s'autorisait aucune dépense qui ne fût en même temps plaisir et durée, jouissance et provision.

Sa vie s'organisa autour du travail avec la haine des dimanches, le secours de la télévision, l'affection d'un chat et l'usage fréquent de somnifères. Dans cet univers réglé, il devenait de plus en plus difficile d'introduire des amants. Elle prit l'habitude de longues privations sexuelles. Un jour enfin, elle s'avisa que l'on n'est point privé de ce dont on ne ressent pas le besoin. C'était seulement une délivrance.

Elle avait songé à avoir des enfants, sans qu'il y eût de lien d'ailleurs avec son engagement auprès d'un homme. Elle considéra longtemps que le moment n'était pas venu. Puis, d'un coup, elle se dit qu'il était passé.

Elle n'eut plus avec les hommes que des rapports professionnels, empreints de froideur et de violence. Elle ne supportait pas leurs regards impudiques et imposa d'être traitée de façon neutre, c'est-à-dire impitoyable. Elle prenait garde à ne jamais faiblir, ne jamais être prise en défaut, à ne pas devoir demander l'aman. Elle acquit vite une réputation détestable auprès de ses collègues masculins. Les femmes l'admiraient. L'exemple de son courage les vengeait d'avoir à subir ce dont Catherine était parvenue à se délivrer. Mais ce permanent effort de perfection dressait entre elle et les autres une barrière que nul ne se sentait la force ou l'envie de franchir. Elle n'avait aucune véritable amie.

Pour la direction, elle était un élément précieux mais dont la progression hiérarchique serait toujours limitée.

À la mort de sa mère, elle suivit de nouveau le corbillard seule — son beau-père était très malade. Avec ses deux parents, c'est toutes ses origines qu'elle avait portées en terre. Au peu de peine que cela lui fit, elle comprit qu'elle les avait depuis longtemps ensevelis. Elle pensa qu'elle en avait terriblement voulu à son père de son infirmité.

À sa mère, elle reprochait d'avoir supporté une vie aussi pitoyable et d'avoir tenté de lui en transmettre l'hoirie.

Il se mit à pleuvoir sur le cimetière et les croque-morts laissant filer les cordes mouillées déposèrent rudement le cercueil femelle sur le cercueil mâle qui l'avait fécondée. Elle pensa que c'est une bien grande douleur que de ne pas aimer ses parents, qu'ainsi on ne peut espérer l'amour ni des autres ni de soi-même. Puis, en remontant parmi les tombes, elle eut l'idée que, malgré tout, l'amour qui reste doit survivre en se cachant dans des souterrains d'âme. À certains craquements que seul permet d'entendre le silence, on devine qu'il nourrit toujours, dans les caves de l'être, d'entêtés bourgeons livides qui pénètrent les moindres failles et cherchent la lumière.

VI

Dix, le compte était facile à faire. Elle était au Brésil depuis dix jours. Les cinq premiers semblaient bien lointains et vides. Mais depuis qu'elle connaissait Gil, ses journées s'enflaient comme des filets chargés de provisions délicieuses. Au va-et-vient monotone entre la maison et la plage, la plage et la maison, avait succédé l'incessante découverte de nouveaux lieux. Gil lui montra tous les coins agréables. Il la guidait dans Recife et dans ses environs. Grâce à lui, elle devenait autre chose qu'une touriste, presque plus une étrangère.

Dans la bibliothèque de Richard, elle avait déniché une méthode de langue brésilienne. Elle vit en quelques leçons que les rudiments étaient simples à acquérir. Avec la même personne du verbe, on peut conjuguer « il, elle, nous, tu et vous ». Richard lui expliqua que c'était, par rapport au portugais du Portugal, un idiome simplifié, destiné, ainsi que toutes les langues d'Amérique, à des immigrants, qui doivent pouvoir l'apprendre en six mois. Toute superfluité en avait été arrachée. Restait un outil massif, robuste, efficace, bien adapté aux bouches rugueuses des colons de tout poil qui s'en saisissaient comme leurs mains calleuses d'une houe. Catherine suivit ces traces et sentit qu'elle progressait vite.

Un collègue de Richard lui avait laissé sa voiture en garde pendant ses vacances en Europe. Il fallait faire tourner le moteur chaque jour pour éviter la rapide corrosion de ces régions maritimes. Catherine offrit son aide pour cette corvée et, comme elle l'avait espéré, Richard lui dit qu'elle pouvait disposer de la voiture à condition d'être prudente et de la conduire elle-même.

Elle proposa à Gil de passer le prendre le matin pour aller à la plage en dehors de la ville. Ils eurent bientôt l'habitude de partir ainsi les vitres ouvertes, le dos collé par la sueur au dossier du siège. Le soleil avait beau n'être levé que depuis peu, la chaleur, déjà, s'était emparée de tout l'air.

D'abord, il fallait traverser ces longues avenues défoncées, encombrées d'autobus titubants et de camions à l'haleine noire. Sur les bords de la route, des boutiques misérables étalaient leur lèpre : éventaires de viandes verdâtres, dentistes ouverts sur la rue, étalages de cercueils vernis, les modèles pour enfants présentés en promotion sur le trottoir. Puis la campagne arrivait doucement, annoncée par la présence en plus grand nombre de bananiers et de flamboyants. Après les dernières entraves que constituaient les contrôles de police et la douane volante, la route se dégageait tout à fait et prenait son élan pour plonger dans les immenses vagues couleur absinthe de la canne à sucre. Des hommes pieds nus, vêtus d'un pantalon effrangé et d'un chapeau de paille, cheminaient absurdement dans cet océan tourmenté de collines vertes, balançant au bout du bras leur coupe-coupe, tout à la fois gagne-pain, arme, fierté virile. Le vent agitait doucement les pieds de canne égaux et drus comme des cheveux de poupée et rabattait des odeurs de mélasse et de ferments. Quand la voiture descendait dans les creux de la route, la radio se mettait à crachoter ; elle reprenait un son clair sur les crêtes. Mais la ville s'éloignant, elle finissait par ne jeter que des notes éparses comme les dernières gouttes d'une pluie tropicale.

Gil regardait devant lui, toujours calme. Catherine riait d'aise. À un endroit qu'il indiquait, jamais semblable et qu'elle n'aurait pu se remémorer, ils tournaient et prenaient un chemin vers la mer. Leur progression ralentie sur les cahots de terre battue laissait la chaleur les rattraper et glisser ses doigts bouillants entre les vêtements et la peau.

Ils garaient la voiture et marchaient jusqu'à la plage sur des sentiers sablonneux couverts d'aiguilles de pin. Loin de la ville, d'immenses horizons concaves se faisaient face : le cercle éloigné de la mer affrontée au ciel, sabre de lumière effilé joignant deux bleus, et, lui répondant, l'arc pur de la plage, blanc de sable intact, les jabots d'écume des hautes vagues, et la tête inclinée, opinant avec lenteur au gré de la brise, des cocotiers dressés sur leurs longs cols.

Chaque fois, c'étaient de nouveaux accueils. Ici un village de pêcheurs où des gaillards boucanés par le soleil faisaient glisser à la godille ou à la gaffe des *jangadas,* embarcations sans plats-bords, faites de troncs liés et d'une voile triangulaire. Là, un bar au bord de l'eau où, sous un auvent de palmes, des amis, jeunes et vieux, édentés, gris, les yeux clos, caressaient le flanc roux d'une guitare. La chaude langue du vent léchait le col mousseux et sifflant des bouteilles vides et emportait, pour les étouffer, les râles mêlés des chanteurs et de l'instrument. Ailleurs, c'était un plus grand relief : sur le sommet d'une île, ils rejoignaient un belvédère, à l'ombre d'une église baroque blanc et bleu. La maison appartenait à un peintre qui l'avait décorée de merveilles désaccordées : commodes portugaises, coquilles de tortues, horloges à balancier. Il y faisait la cuisine et de jeunes serveurs mulâtres apportaient le repas sur une terrasse blanche, meublée de rotins arrondis, mangés par le soleil et le sel. Et devant, rien, rien d'autre, entre deux citronniers et un pied d'euphorbe, qu'un horizon de mer vu de très haut. L'œil dévalait librement les pentes précipitées de l'île jusqu'à l'estuaire d'un fleuve aux eaux rouges d'argile, désert d'hommes, peuplé d'échassiers blancs.

Paysage rêvé, image du paradis, pourtant l'obliquité de la terrasse, le craquement d'un bosquet de bambous et les griffes d'un perroquet venaient de temps en temps ramener l'œil, l'oreille et la peau à la sensation légèrement irritante par laquelle la réalité affirme sa présence et se mêle au plaisir pur, pour l'accroître encore.

Rentrée de ces périples, quand elle se trouvait seule dans sa chambre et attendait de ressortir le soir avec Gil, Catherine se regardait longuement dans la glace. Nue, elle se tournait, écartait légèrement les cuisses, posait la main sur sa hanche. Elle se trouvait belle. Son corps absorbait les merveilles dont elle était entourée. Il se teintait à la lumière, se gonflait à la chaleur, se détendait sous l'effet du plaisir charnel. Richard lui avait fait d'ailleurs une remarque flatteuse et Aude n'avait pas paru en être jalouse.

Catherine mesura combien elle avait changé.

Elle était devenue toute sensation ; jamais elle n'avait aussi peu réfléchi et calculé. Il n'y avait plus en elle ni analyse, ni inquiétude, ni méfiance : seulement une disposition permanente à l'étonnement.

« Pour la première fois, se dit-elle, je reste maîtresse de ce à quoi je m'abandonne. Je n'ai pas peur de dépendre de Gil puisque lui dépend de moi. Simplement, je suis libre. »

Aude, à qui elle en avait parlé, lui avait seulement répondu :

« Il ne te manque qu'une seule chose pour profiter de ta liberté, c'est de changer de partenaire. Gil est très mignon, mais promène-toi un peu. Tu verras qu'il y en a des centaines d'autres comme lui. »

Deux jours plus tard, Catherine dut rester en ville toute la journée. La voiture qu'on lui avait confiée devait passer en révision. Pour la première fois depuis près d'une semaine, elle retourna sur la plage de Recife. Gil vint la rejoindre et s'étendit à ses côtés sur le sable.

Elle l'observa et remarqua qu'il regardait passer les filles avec beaucoup d'intérêt. Il était là, calme, laissant défiler la plupart des groupes sans leur prêter la moindre attention. Mais qu'une jolie femme approchât, il la fixait d'un œil brillant et la suivait lentement du regard pendant qu'elle traversait l'espace devant lui.

Catherine se rappela la remarque d'Aude et pensa : moi aussi, je peux changer. Comme la voix de son amie la convainquait toujours profondément, elle se mit à regarder, elle aussi, les hommes qui passaient. Elle s'efforçait de le faire d'un œil froid, avec méthode. Elle évaluait, comparait, détaillait. Au bout d'une heure, elle en était un peu lassée. Elle n'avait ressenti aucun attrait pour ces corps, si beaux fussent-ils. Mais qu'elle tournât la tête vers Gil et elle reconnaissait une douce familiarité, un émoi unique et contre lequel elle n'était disposée à rien échanger.

Elle se leva et alla se baigner. La marée était basse, il fallait contourner les bancs de coraux pétrifiés qui sortaient du sable et aller chercher l'eau loin derrière eux. Quand elle revint, le soleil frappait les flaques abandonnées par la marée et l'aveuglait. Pourtant, il lui sembla voir Gil parler avec une femme qui était accroupie près de lui et qui partit avant son retour. La chaleur ensommeille les sentiments et la douleur devient un abattement supérieur. Catherine sentit son pas ralentir, une fatigue la prendre. Dès qu'elle fut assise sur sa serviette à côté de Gil, il lui sourit. Tout disparut ; elle ne souffrait plus.

VII

L'été austral était bien là. Décembre sous l'équateur n'est que moiteur et cendres. Les nuits frissonnent à peine de vents encore chargés de vapeurs brûlantes. L'aube ravive des éclats de métal que le grand soleil met en fusion jusqu'au soir.

Catherine s'était habituée aux variations de ces paroxysmes comme à une entêtante mélodie de basse. Elle se laissait toujours porter par Gil, suivait ses initiatives, continuait d'aimer avec lui les plages, les îles, les lieux publics qu'il lui faisait découvrir. Mais ce n'était plus la sidération du début. Dans cette poix de plaisir et de fièvre, elle se sentait de nouveau assez lucide pour orienter sa volonté. Elle entreprit de pénétrer sur le terrain qui la passionnait plus que tout : la vie de Gil, ses lieux familiers, ses amis.

En invoquant des raisons de commodité, elle parvint à lui donner rendez-vous non plus sur la place de Boa Viagem mais à l'entrée du quartier où il habitait. Ce fut l'objet d'un discret marchandage. Elle accepta à ce prix de lui laisser conduire la voiture. Cette entorse au principe que Richard lui avait demandé de respecter ne lui sembla pas très grave. Il avait fait cette recommandation pour la forme, mais sans paraître y attacher beaucoup d'importance. Et puis, pensait-elle, elle serait là, à côté de Gil, et en cas de problème, pourrait toujours reprendre le volant.

L'essentiel était que, grâce à cette petite concession, elle pût voir enfin d'où il venait. Le quartier n'avait pas de nom. On l'appelait seulement « derrière le canal », puisqu'il était situé de l'autre côté de l'égout à ciel ouvert qui draine la ville neuve. En arrière de l'interminable front de mer bâti de gratte-ciel luxueux, un rapide decrescendo de petits immeubles et de maisons basses aboutit à une zone de marécage. L'été, sur ces terres envahies, ne subsiste plus du dommage des pluies que le relief chaotique et semé d'ornières des chemins de terre durcie. Des chevaux étiques paissent dans les tas d'ordures éventrés. À la tombée du soir, quand la lumière devient moins intense, chaque objet manifeste un instant le génie propre de sa véritable couleur. Le sol est rouge vif, les badamiers d'un vert sombre, le ciel indigo. Les maisons sont de petits parallélépipèdes de briques rouges pour les plus riches ou de planches mal jointes et de carton pour les autres. Un couvert de palmes les coiffe et le regard obscur de leurs fenêtres étroites est souligné par un maquillage sommaire de bleu, de jaune ou de vert. En l'air, une forêt de fils électriques, détournés de lointains pylônes, alimente des ampoules nues. Les bananiers agitent leurs manches déchirées et font, quand l'ombre est déjà tombée sur le sol, des signes affolés au soleil disparu.

C'était l'heure où Gil sortait de sa ruelle. Catherine l'attendait à l'entrée de la favela, moteur coupé, lumières en veilleuse. Elle le regardait approcher d'un pas souple, tache claire dans cet écrin de misère noire. Les vêtements élégants qu'elle lui avait offerts restaient immaculés. Tout n'était là qu'eau croupie, vapeurs alvines, sol immonde, mais cette souillure ne l'atteignait pas.

Il se mettait au volant, démarrait bruyamment et ils rejoignaient la ville.

Cette première découverte n'avait en rien assouvi la curiosité de Catherine, bien au contraire. Elle aurait donné n'importe quoi pour tourner l'angle de la ruelle, remonter le chemin que Gil empruntait, aller jusqu'à sa maison, voir son lit. Elle n'avait pas peur d'entrer seule dans la favela. Mais Gil le saurait. Il serait humilié, en colère. Et que lui dirait-elle pour se justifier ?

Un jour, comme ils passaient en voiture devant un loueur de vidéos, il lui dit :

« Ma sœur travaille là.
— Comment s'appelle-t-elle ?
— Nadja. »
Elle apprit qu'il avait cinq sœurs et trois frères.
« Du même père ?
— Je ne sais pas. »
Il alluma la radio et l'enquête prit fin dans le sirop d'une chanson de Leila Pinhero.

Le lendemain après-midi, Catherine alla seule chez le loueur de vidéos.

« Je cherche Nadja. »

Deux filles, derrière le comptoir, regardaient un film sur un écran de service. La climatisation était en panne et elles s'éventaient avec des journaux. Nadja se leva et approcha du comptoir en traînant les pieds. C'était une fille un peu ronde, vêtue d'une robe moulante, assez sale. Elle était plus noire de peau que Gil et avait les cheveux crépus. Aux ongles, elle portait un vernis rose très épais ; on aurait dit des gouttes de sirop de fraise.

Catherine n'avait pas préparé ce qu'elle allait dire. Le peu de portugais qu'elle savait entrava sa langue et suffit à expliquer son trouble.

« Je suis une amie de ton frère », finit-elle par dire avec beaucoup d'incertitudes grammaticales.

Elle ne comprit pas bien la réponse. Voyant que le dialogue allait être laborieux, elle proposa à Nadja, moitié en paroles, moitié par gestes, de prendre un café avec elle. Elles sortirent et s'installèrent à la *lanchonete* du coin. Pendant cinq minutes, elles composèrent un cocktail de portugais, de français, d'anglais et de gestes, et quand il fut à leur goût, elles commencèrent de communiquer.

Nadja fut intarissable d'éloges sur son frère. Mais Catherine se rendit bientôt compte qu'elle ne parlait pas de Gil. L'homme sérieux, travailleur, croyant, qu'elle décrivait était Roberto. Il avait quarante ans et Nadja, d'après l'âge apparent de Catherine, avait pensé qu'il s'agissait de lui.

« As-tu d'autres frères ? » lui demanda Catherine, sans la détromper.

Nadja dit que oui, cita deux noms : un inconnu et Gil.

« Gil est comme Roberto ? » dit Catherine.

La jeune fille se récria.

« Pas du tout ! Celui-là, c'est un paresseux.

— Il travaille ?

— Non. Il couche avec des hommes pour de l'argent.

— Avec des hommes ! »

Catherine avait dû marquer un intérêt trop vif. Nadja s'arrêta et la regarda.

« De toute façon, vous, c'est bien Roberto que vous connaissez ?

— Oui », mentit Catherine.

Elle se résigna à payer sa maladresse et sa lâcheté d'un quart d'heure supplémentaire de louanges à propos de quelqu'un qu'elle ne connaissait pas.

Elle était un peu inquiète le soir, en se préparant à revoir Gil. Nadja lui avait bien promis de ne rien dire chez elle de cette conversation « de femmes ». Mais était-elle capable de tenir sa langue ?

Pour amortir le choc éventuel, Catherine avait acheté l'orgue électronique que Gil désirait. En tapotant la boîte posée sur ses genoux, pendant qu'elle l'attendait, elle pensait à ce qui avait changé en elle. Il y avait trois semaines qu'elle était au Brésil et quinze jours qu'elle le connaissait. Au début, les cadeaux qu'elle lui offrait étaient modestes. Ils étaient proportionnés à ce qu'elle espérait qu'il lui rende dans le moment de l'étreinte. Désormais, ce troc était révolu. D'abord, ils étaient passés à un véritable échange, installé dans la durée. Ce que Catherine donnait à Gil allait bien au-delà de ce qu'en un jour il pouvait lui rendre, mais était plutôt conforme à l'espoir qu'elle mettait dans la masse indivise de temps qu'ils passeraient ensemble.

Maintenant, ils étaient parvenus au-delà de l'échange : elle avait atteint le don. Devant le cloaque où il vivait, dans le poignant contraste entre le luxe dont elle jouissait et la misère à laquelle il était attaché, il lui aurait semblé honteux de vouloir établir une réciprocité. L'équilibre était illusoire, sauf à avouer clairement qu'elle voulait acheter un être et un corps. En toute justice, il ne pouvait y avoir que réparation, offrande, qui ne donnait à Catherine aucun droit sinon celui de s'effacer devant la pauvreté. Il lui fallait aider Gil, tout simplement, lui donner ce dont il manquait et même au-delà. Bien que gratuit, ce don ne laissait pas d'être une violence, une humiliation en puissance et il fallait se la faire pardonner par une soumission plus grande encore.

Catherine se méprisait d'avoir tenu jadis tous ces propos ineptes sur l'indépendance quand pour elle aujourd'hui la liberté véritable c'était au contraire de dépendre de la satisfaction de Gil.

Il arriva un peu en retard. Elle tressaillit en le voyant passer le coin. Dès qu'il fut au volant et qu'il remarqua le paquet que Catherine tenait sur les genoux, il lui sourit et l'embrassa. Elle se sentit soulagée.

Mais quand même, pensa-t-elle en se souvenant des paroles de Nadja, avec des hommes !

Et pendant qu'il conduisait, elle regardait son profil si beau, presque d'ange.

VIII

« Toujours ces deux jarres imbéciles sur l'étagère ! »

Catherine regardait au-dessus de la tête de Richard, dans la pénombre de ce même restaurant où ils l'avaient emmenée à son arrivée et où elle avait égaré Gil pour leur première sortie. Spécialité de poissons : le maître d'hôtel avait une tête de mérou et les garçons répandaient des odeurs de marée. Quand il y avait dans la ville tant d'endroits agréables, c'était un tour de force de prendre ses habitudes dans un lieu aussi sinistre !

« Tu bois trop », dit Aude en riant.

Catherine avait presque terminé son troisième apéritif. Elle posa son verre.

Ce soir, elle ne rejoindrait pas Gil. Ses hôtes avaient insisté pour sortir dîner avec elle. Ils se plaignaient de ne jamais la voir. Richard avait pris l'initiative de cette soirée « entre nous ».

Pour cette occasion forcée, la bonne humeur

était convoquée. Richard entreprit d'égayer l'atmosphère. Il déchaîna une verve à la mesure de l'immense chemin qui était à parcourir pour rendre l'endroit chaleureux. Les anecdotes de sa vie d'artiste amateur étaient un réservoir inépuisable d'allégresse à usage public. Au dessert, sur proposition rituelle d'Aude, il accepta de raconter son séjour en célibataire à Tahiti. À l'acmé de son récit, il évoquait, à voix plus basse et avec des mines inquiètes, sa rencontre avec la princesse Margaret. Elle était en visite officielle dans l'île et Richard avait été sollicité par le haut-commissaire pour se produire devant elle au cours d'un spectacle de chants et de danses locales. Séduite par sa voix, elle avait tenu à s'en faire présenter l'organe. Sans défaillir, affirmait Richard, mais nul ne pouvait le vérifier, il avait représenté la France jusqu'au bout. Deux officiers de sécurité britanniques étaient restés présents, impassibles, dans la pièce pendant tout l'échange.

Catherine redoublait de tristesse. Elle pensait à Gil : cette corvée la privait de lui toute une soirée et toute une nuit. Au détour d'une phrase, elle prononça son nom. De l'entendre ainsi revenir à son oreille, elle sentit comme la présence réelle de celui qui lui manquait.

Aude saisit nerveusement son verre. Richard se rembrunit.

« Puisque tu en parles, dit-il, je voudrais te

mettre un peu en garde. Les Brésiliens sont assez charmeurs, surtout à cet âge-là. Mais il y a une question, comment dire ? culturelle. Gil est d'une famille très modeste, pour ne pas dire plus. C'est déjà un problème. Pour arriver là où il est sans travailler, il doit sûrement trafiquer un peu, tu comprends ?

— Et alors ?

— Alors rien. Tu l'aides probablement et c'est bien. Fais simplement attention. Pour nous, avec l'inflation qu'il y a dans ce pays, les choses paraissent ne rien coûter. On ne compte plus, on se laisse un peu griser. Il ne faudrait pas qu'il en profite. »

Catherine but d'un trait son verre de *cachaçà* glacée. Elle avait l'œil brillant, la main tremblante. Elle les regarda tous les deux bien en face.

« Vous êtes gentils d'être inquiets pour moi. Mais je vais vous dire quelque chose : dans cette affaire, c'est moi qui mène la danse. Je me suis payé les meilleures vacances de ma vie et ce gamin en fait partie. Aude m'a donné des conseils. Je les ai suivis et je m'en suis très bien trouvée. Mais tout ça reste des vacances, je sais que ça aura une fin. Je ne perds vraiment pas le nord. Je m'amuse, voilà tout ! »

Elle avait mis dans ces paroles banales, par le ton, la mimique, les gestes, tous les signaux de veulerie, de vice, d'hypocrisie possibles. C'était comme un texte d'état civil que l'on aurait barbouillé d'ordure. Aude « reçut cinq sur cinq ». Elle remplit les verres et trinqua avec Catherine.

« Salope ! » dit-elle en riant.

Richard entrechoqua son verre avec les autres et prononça dans une quinte : « À la bonne heure ! »

*

Allongée sur son lit, nue, un drap lui semblant encore trop étouffant, Catherine regardait l'obscurité de sa chambre. Gil lui manquait affreusement. Elle se sentait comme écorchée, mutilée de lui, vidée par cette plaie de son espérance et de sa vie.

Toute pensée qui n'était point de Gil lui faisait mal. Elle se remémora avec dégoût l'affreuse remarque de Richard. Quel mépris dans ses paroles ! Quelle hypocrisie ! Aude au moins était grossière et cynique. Lui n'était qu'égoïsme. « Ne donne pas trop ! » Comment osait-il dire cela, lui, le parasite qui vivait comme un pacha au milieu des bidonvilles ? En un mois, elle avait découvert ce que deux ans ne leur avaient même pas permis d'imaginer : de quelle misère ils étaient environnés. Elle avait lu des livres, des journaux, parlé avec des gens de toutes sortes, écouté les témoignages de la vraie vie. Elle savait que dans les favelas, à deux pas de chez Richard, des rats énormes couraient sur le sol et venaient, la nuit, dévorer les nourrissons dans leur berceau. L'hôpital de la Restauration comptait plusieurs de ces bébés mutilés par la vermine. Elle savait qu'un enfant sur deux était livré à lui-même dès l'âge de cinq ou six ans. Elle avait parlé longuement avec ces bandes de gamins presque nus, vivant d'aumônes, de rapines, soumis à l'autorité des plus grands, gourmands de drogue comme les enfants d'Europe, au même âge, le sont de bonbons. Elle savait que des touristes venaient assouvir avec eux leurs fantaisies sexuelles.

Elle avait revu Nadja. Celle-ci avait fini par comprendre que Catherine s'intéressait à Gil, et elle avait accepté de lui faire à son propos quelques confidences, moyennant finance, bien entendu.

Tout d'abord ce n'était pas son frère mais son cousin. Gil était le fils d'une jeune sœur de sa mère. Elle s'était trouvée enceinte à quatorze ans. La mère de Nadja avait accepté de garder le bébé quelques jours en attendant que sa sœur trouve une solution. Personne, évidemment, ne savait qui pouvait être le père. Les quelques jours devinrent des semaines puis des mois.

La sœur ne reparut jamais. Elle avait sûrement l'intention d'abandonner le gamin et elle était partie profiter de sa liberté ailleurs. Il y avait déjà six marmots dans la minuscule maison et aucun homme, ce qui n'était pas forcément plus mal, vu qu'en général ils buvaient tous et ne gagnaient rien. La mère de Nadja travaillait comme bonne, et sa cousine qui habitait avec eux faisait du repassage dans un atelier. Les enfants les plus grands essayaient de trouver du travail. Les petits traînaient dans la rue. Gil faisait partie d'une bande qui passait son temps du côté des hôtels, sur la plage. Un jour, il devait avoir à peu près neuf ans, un Anglais était venu demander à la mère de Nadja s'il pouvait le prendre à son service. Il avait laissé une enveloppe sur la table avec pas mal de billets dedans. C'était vraiment inutile, vu que ce gosse, personne ne savait quoi en faire et que c'était un bon débarras de le voir partir. Tout le monde riait dans la favela parce que l'Anglais avait un petit pantalon très serré et une énorme paire de fesses. Surtout, il avait des cheveux violets, on ne pouvait pas dire exactement de quelle couleur, personne n'avait jamais vu une teinte pareille pour des cheveux. Voilà comment Gil était parti. Et puis, un beau jour, trois ans plus tard, il était revenu. Il n'avait pas donné d'explication. Il s'était assis à table à midi et avait mangé comme s'il avait toujours été là. Sa tante aurait pu le jeter dehors. Elle l'avait toujours bien aimé. C'était pour cela qu'elle l'avait repris. Mais après, il avait commencé à faire peur. Il n'était plus question de lui demander des comptes. On ne savait plus trop quel âge il avait, mais en tout cas, c'était un homme.

Gil, à cette époque, ne parlait plus guère à personne et sortait tout seul. Il retrouvait des bandes dehors. Ils allaient soutirer de l'argent à des étrangers. Il connaissait des femmes aussi. Mais sur cette période presque contemporaine, Nadja ne voulait rien dire.

Ce récit, Catherine en avait longuement repassé les détails. Elle imaginait Gil enfant, cette sorte de rapt, son retour, sa bande. Ce qu'elle savait était bien peu, mais elle avait l'impression, en suivant la trace de Gil, qu'elle découvrait ce pays, une vraie vie, quelque chose qu'Aude et Richard qui vivaient là, à quelques pas, ne verraient jamais. Aude et Richard ! Elle les plaignait. Ils vivaient entre eux comme deux crapauds et n'avaient pour tout horizon que le blanc des yeux de l'autre. Elle pensa avec soulagement qu'il ne lui restait plus que deux jours à les supporter.

Deux jours ? Ce chiffre aurait dû l'apaiser. Pourtant, sitôt fut-il apparu à sa conscience, elle se trouva saisie d'angoisse comme qui, pensant trouver une issue aux flammes, ouvre grand la porte à l'incendie. Plus que deux jours et viendrait l'inconcevable du départ !

Elle se leva, le ventre noué, alluma la lumière. Autour du plafonnier s'agitaient des phalènes. Il aurait fallu croire en la métamorphose, croire qu'elle était destinée à devenir une de ces phalènes, par exemple, pour accepter l'idée que, dans deux jours, elle serait dans un bureau, sous les nuages, loin de Gil.

Elle alla à la salle de bains, fouilla dans sa trousse de toilette et trouva deux comprimés de somnifère qu'elle avala ensemble.

IX

Le lendemain matin, Catherine prit la voiture et, sans attendre le rendez-vous qu'ils s'étaient fixé pour le soir, elle alla jusqu'à la favela où habitait Gil. Elle se gara à l'entrée, appela un gamin, lui donna deux cruzeiros et lui demanda d'aller chercher Gil.

D'habitude, elle n'avait pas à l'attendre. Il était prêt et sautait dans la voiture. C'était la première fois qu'elle restait aussi longtemps postée là, le long de cette route boueuse. Une longue procession d'hommes et de femmes, noirs pour la plupart, sortait de la favela en groupes hétéroclites. À cette heure-là, tous ceux qui occupaient de petits emplois, les *empregadas*, les journaliers, quittaient leurs trous de terre et montaient vers les gratte-ciel que l'on voyait plus loin, au garde-à-vous devant la mer. Les conversations s'arrêtaient quand les passants approchaient de la voiture de Catherine. Ils la dévisageaient de leurs yeux caves, sombres et brillants comme ceux de Gil.

Quelques gamins presque nus, les pieds dans la boue, tapaient dans des balles de chiffon. De plus hardis vinrent jusqu'à la portière demander de l'argent en prenant des airs accablés. Ils regardaient à l'intérieur de la voiture, cherchaient quoi se faire offrir. Ils partirent en riant quand ils virent approcher Gil.

Il avait l'air endormi et mécontent. Catherine n'osa pas l'embrasser.

« Il y a quelque chose d'urgent ? demanda-t-il, la bouche pâteuse, sans la regarder.

— J'avais envie de te voir. »

Un instant, elle eut peur qu'il sorte de la voiture et lui claque la portière au nez. Parler des deux jours qui restaient ? Elle fut tentée de le faire puis se ravisa, comme si l'aveu de ce délai lui eût donné force de réalité, ce qu'il n'avait pas encore. Sans dire un mot, elle démarra en trombe. Gil garda l'air renfrogné, mais ne dit rien. Catherine suivit le flot des voitures jusqu'au bord de mer et se gara devant la baraque de Conceição. Ils sortirent les fauteuils pliants du coffre et s'installèrent en hâte sur la plage. Gil, sitôt allongé, se rendormit.

Catherine le regardait respirer avec bonheur. Elle ne demandait rien d'autre : l'avoir auprès d'elle, sentir cette présence plus irradiante encore que le soleil. Elle alla se baigner, rapidement, juste pour sentir sa peau refroidir et ensuite se réchauffer doucement. Vers onze heures, elle appela un des marmots de Conceição et commanda deux bières.

Le gosse était en larmes. C'étaient de petites larmes concentrées par la chaleur, évaporées sitôt sorties de la paupière et qui formaient sur son rebord une ligne de cristaux blancs. Les enfants pauvres ne demandent rien avec leurs pleurs. Par prudence, ils les cachent. Car ils n'attendent le secours de personne et redoutent au contraire que cet aveu de faiblesse n'incite quelque voisin à faire assaut de sa force.

« Qu'y a-t-il, Cesario ? interrogea Catherine.

— Rien », dit l'enfant en reniflant.

Elle le retint par la main.

« Tu peux me parler. »

Cesario prit l'air boudeur, jeta un coup d'œil vers la baraque d'où les autres gamins le regardaient. Il se redressa et fixa Catherine droit dans les yeux.

« La Conceição va devoir partir, dit-il.

— Comment cela, partir ?

— Le maire a décidé de nettoyer la plage. Tous ceux qui occupent des baraques doivent les acheter à la municipalité. Sinon, ils seront chassés.

— Mais Conceição l'a construite elle-même sa baraque, non ? » s'indigna Catherine.

Une après-midi, la semaine précédente, Cesario et d'autres gosses lui avaient raconté comment Conceição, quinze ans plus tôt, alors qu'elle n'avait pas encore eu ce qu'ils appelaient « son accident », avait payé toute une troupe de jeunes pour traîner des troncs de palmiers jusqu'à la plage et construire sa baraque.

« C'est comme ça, trancha Cesario. Elle l'a construite mais il faudra quand même qu'elle l'achète. Le maire l'a décidé.

— Et elle n'a pas d'argent…

— Pas assez. »

Catherine était arrivée heureuse à la plage : elle avait retrouvé Gil. Le ciel, la mer, les baigneurs semblaient en accord avec ce bonheur et c'est ce qui lui donnait son prix. Les mots de Cesario étaient une fausse note, qui lui faisait plus que de la peine. Elle voulait que tout, vraiment tout ce qui l'entourait, reçût la marque de sa joie et la lui renvoyât décuplée.

« Combien la lui vendent-ils, sa baraque ? s'enquit-elle.

— Sept cent cinquante cruzeiros. »

L'enfant avait parlé en détachant ses mots, car c'était pour lui une somme considérable et qui exigeait du respect.

Catherine calcula mentalement. Au taux de change parallèle dont elle bénéficiait, cela faisait à peu près sept cents francs. Elle réfléchit un instant. Puis elle fit signe à Cesario d'approcher et lui chuchota à l'oreille :

« Va dire à Conceição que je lui apporterai cet argent en fin d'après-midi. »

L'enfant recula et la regarda fixement. Il cherchait à voir si elle était bien sérieuse. Qu'elle le fît marcher, cela n'aurait rien eu de surprenant ni de grave, mais avant de répéter cela à Conceição…

« À quelle heure ? » dit-il presque méchamment, comme pour la mettre en demeure de sceller les termes du contrat.

« Cinq heures. »

Il partit en courant, frappa les gamins qui voulaient l'arrêter pour l'interroger. Conceição le fit entrer dans la baraque et, dans la pénombre du toit de palmes, il lui délivra son message.

Gil s'était réveillé vers une heure et avait simplement demandé à Catherine de le déposer dans le centre-ville. Il avait repris un ton de voix normal et semblait avoir tout pardonné. D'ailleurs, il lui avait donné spontanément rendez-vous pour le soir.

Elle avait déjeuné dans l'immense complexe du centre commercial, où elle était allée faire quelques achats. Puis elle s'était rendue chez le changeur et avait reçu la somme promise à Cesario. Le temps avait passé rapidement et il était déjà quatre heures et demie quand elle était retournée à la plage. Elle avait garé sa voiture le long de l'avenue et quitté ses chaussures. Elle avait traversé les dunes jusqu'à la baraque. Le jour bref de l'équateur était en train de s'éteindre rapidement. La mer avait pris une teinte ardoise et l'écume, cachée par le soleil aux heures chaudes, traçait maintenant sur les vagues un feston très blanc. Une brume bleutée, terne, baignait les rares promeneurs, qui n'étaient déjà plus qu'ombres et silhouettes.

Les enfants étaient tous assis à une dizaine de mètres de la baraque, sans doute tenus à l'écart par des ordres stricts. Conceição attendait comme toujours derrière la planche de bois qui servait de bar, mais où jamais personne ne venait s'accouder. Catherine approcha avec une certaine crainte. Elle avait imaginé que cette première rencontre serait l'occasion d'une conversation mais ses rudiments de portugais lui laissaient craindre un peu de ridicule. Au moins y aurait-il un contact, des sourires, une poignée de main. Mais quand elle fut à trois pas du bar, la stupeur l'arrêta : Conceição, dans le retrait obscur de sa paillote, venait de lui apparaître. Elle vit les cicatrices sur sa face et ses mains auxquelles Gil, un jour, avait fait allusion. La hideur de ce visage ne permettait pas de lui donner un âge. C'était comme une plaie recouverte d'un semblant de peau. Catherine baissa les yeux et tendit l'argent à bout de bras. Conceição le prit, remercia dans un portugais sommaire et dit avec un accent étranger très fort : « Cette maison est à vous. »

Catherine bredouilla des excuses et partit le plus vite possible.

Ce qu'elle venait de faire n'était plus à ses yeux une action généreuse mais un acte de violence. Chaque fois que l'injustice du monde s'illustre dans le rapport concret d'un être humain à un autre, elle devient insupportable. La charité est le moment privilégié de cette révélation.

*

Catherine ne voulait plus emmener Gil chez Aude et Richard après ce qu'ils lui avaient dit la veille. Mais cette résolution la préoccupa toute la soirée. Si elle ne pouvait pas faire venir Gil dans sa chambre, où iraient-ils ? Elle lui en parla de façon confuse, car elle ne voulait pas le blesser. Elle avoua seulement que la cohabitation quotidienne avec ses amis lui pesait de plus en plus, qu'ils avaient fait des remarques.

Quand il comprit, Gil dit très naturellement :

« Allons au motel. »

Une demi-heure plus tard, ils garaient leur voiture au rez-de-chaussée d'un de ces petits bungalows alignés qui, au Brésil, sont au sexe ce que l'usine aveugle est à la machine-outil.

Au-dessus, la chambre était une sorte de chapelle dédiée au sacrifice de la chair. Le plaisir y devenait culte avec son rituel et ses images. Un couple en Plexiglas blanc, tordu dans une pause érotiquement complexe, dominait le lit. Au chevet, un jeu délicat de commandes faisait varier les éclairages. On pouvait inonder la pièce de lumière, concentrer son faisceau sur les draps, faire flotter le lit sur un véritable matelas lumineux, colorer l'obscurité d'ultraviolets. Une salle adjacente, sacristie de ce premier oratoire, contenait une baignoire ronde munie de jets d'eau sous pression et divers instruments d'aspersion. Le réfrigérateur était plein d'alcools divers auxquels s'ajoutait une petite épicerie sucrée.

La plus grande fureur était autorisée dans la pratique de sa foi. Une feuille agrafée sur la porte d'entrée indiquait simplement le prix de chaque objet, s'il était cassé.

Aucun rapport humain n'était à craindre, sauf ceux qu'on était venu célébrer. À l'entrée, une main anonyme tendait une clef par un étroit guichet. À la sortie, la même main saisissait le règlement et ouvrait la grille. Entre les deux, les visiteurs n'étaient guidés que par le silencieux appel des flèches disposées sur les murs et par les numéros de chambre.

Gil s'allongea sur le lit sans se déshabiller et alluma la télévision qu'un bras métallique suspendait au plafond. L'image était brouillée. Il tripota un bouton, changea de programme : pas de résultat. Par téléphone, il avisa le standard. Dépêchées par la direction, d'autant plus effrayantes que paraissant surgir de nulle part en ce lieu désert, apparurent deux femmes de ménage. C'étaient des mulâtresses dodues, en blouse de travail rayée, qui portaient leur cinquantaine avec sévérité. L'une entreprit de régler la télévision par l'arrière, tandis que l'autre, à côté du lit, évaluait le résultat. Catherine, assise sur une chaise, cherchait à se faire oublier. Soudain, l'image se rétablit. Sur l'écran, un périnée recevait en gros plan les hommages de deux sexes tendus. Catherine, rouge, espérait que ce serait assez. Mais les employées estimaient que la retransmission n'était pas encore parfaite. Elles n'eurent de cesse que le son fût également capté. Cris d'orgasme et ahanements étaient bientôt revenus. Pourtant, elles affinèrent encore le réglage pendant trois longues minutes, avec la sereine gravité de qui ne voit de ces images que l'objective qualité.

Elles partirent enfin mais cette profanation laissa des traces. Catherine ne put s'empêcher de les sentir toujours là, derrière les minces cloisons, voyant, entendant, menaçant peut-être même de toucher.

Gil fit l'amour rapidement, sans se donner un

mal à la mesure des moyens matériels mis à sa disposition. Puis il retourna au spectacle des scènes de chair indéfiniment combinées sur l'écran. Il éprouvait une véritable fascination pour la vidéo. Catherine s'endormit dans les draps de rayonne imitation soie, bercée par le halètement de ces troupes menées à marches forcées dans les arides déserts du sexe.

X

Le lendemain, Catherine décommanda sa place d'avion. Elle télégraphia à Paris pour avertir son employeur qu'elle était malade. Devant le peu d'enthousiasme d'Aude quand elle lui dit qu'elle prolongeait son séjour, elle prit les devants.

« Je vais m'installer à l'hôtel, dit-elle. J'ai envie d'habiter un peu du côté d'Olinda. »

Elle rendit aussi la voiture.

Sa décision n'avait pas été préméditée. C'était une impulsion, qui s'était imposée à elle le matin. Elle n'avait pas clairement conscience de ce qui allait suivre. En parlant avec Aude, il était devenu évident que Richard et elle réprouvaient sa liaison avec Gil. Catherine ne se sentait ni la force de se justifier ni l'envie de suivre leurs conseils. Mieux valait fuir.

Elle alla en taxi jusqu'au centre-ville. Les loueurs de voitures se la disputèrent. Elle ressortit au volant d'une Fiat Uno toute neuve qui sentait le plastique.

Sa première idée avait été de s'installer loin, dans un de ces hôtels en bordure de mer du côté de Porto de Galinhas, à vingt kilomètres de Recife. Mais Gil avait catégoriquement refusé : il ne voulait pas s'éloigner longtemps de la ville, sans donner cependant d'explication plus précise.

Catherine déménagea donc dans une *pousada* d'Olinda. Construite à la fin du XVIe siècle sur un môle, la vieille ville d'Olinda a été peu à peu rejointe par l'agglomération voisine de Recife. Les rues y sont en pente raide. Sur un réseau de jardins en terrasses se détachent des palais baroques et des églises à fronton blanc qui dominent la mer.

L'auberge que choisit Catherine était une maison ocre assaillie sur trois côtés par des escaliers de pierre. En façade, un buisson d'hibiscus et de bougainvillées montait vers les étages en s'enroulant autour des colonnettes du balcon. La chambre qu'on lui attribua était claire et fraîche. Elle donnait sur la rue et, tout en bas, là où disparaissait la chaussée pavée, on pouvait apercevoir la tête d'un palmier royal encadrée par la mer.

Hélas, la première impression de gaieté et de liberté ne dura pas. Tant que Catherine était chez Aude, le présent l'avait mollement envahie.

Le passé lui semblait évanoui, et elle ne pensait pas à l'avenir. Tout était provisoire mais un provisoire immobile, coloré, si docilement égal qu'il se confondait avec l'éternité. Au contraire, dès qu'elle habita seule, Catherine sentit retomber sur elle le temps. Elle passa dans cette pièce cinq jours d'angoisse d'une croissante intensité.

Sa chambre était meublée d'un lit carré, en bois épais d'Amazonie, ce bois rouge qui paraît luxueux aux étrangers mais n'est au Brésil qu'un matériau vulgaire, fourni à profusion par la nature tropicale. S'y ajoutaient un tabouret, deux chaises et une petite table rectangulaire. Au mur pendait une nasse de paille fine, noir et beige, tissée par les Indiens.

Catherine tenta d'assembler dans son esprit un petit nombre d'idées simples, aussi robustes et dépouillées que ce décor.

D'abord, elle aimait Gil. C'était maintenant une évidence pour elle. Pour atténuer ce qu'un tel aveu pouvait avoir de terrifiant, elle l'accepta comme une donnée pratique, qui contenait en puissance bien d'autres choses, un avenir notamment.

Mais elle ne voulait pas penser à l'avenir. La différence d'âge, le trouble passé de Gil, les ambiguïtés de leur lien étaient des réalités trop douloureuses pour qu'elle pût les considérer en face. Privé de futur, cet amour demandait donc seulement la permanence. Durer, rester près de

Gil, se garder d'hier autant que de demain, voilà tout ce qu'elle pouvait espérer. Elle était condamnée à cheminer sur le fil du présent.

Le malheur était que cet objectif clair — vivre avec Gil — supposait d'abord un détour : pour rester avec lui, elle devait commencer par le quitter. Il lui fallait rentrer à Paris, arranger ses affaires, préparer un retour plus durable. Comment supporter cette séparation, comment rendre perceptible à Gil comme à elle-même que l'enfer de l'éloignement ne serait qu'un purgatoire ? Comment, sinon en donnant à son départ la forme d'un projet, d'une promesse ?

L'épisode chez Conceição l'avait impressionnée. Elle s'était rendu compte à quel point, jeté dans cette misère, l'argent pouvait être salvateur. Elle qui, en France, se considérait comme pauvre s'était soudain retrouvée non pas seulement riche mais toute-puissante. Au prix de ce qui n'était pour elle que béatilles, elle pouvait sauver et transfigurer.

Le soir, Gil et elle descendirent à pied jusqu'au bord de mer. Autour d'un néon blafard, des tables rondes en planches et des tabourets groupés sous un amandier formaient un bar. Un vieux musicien grattait une guitare à quatre cordes et chantait avec la voix aigre et irritée de poussière des trouvères du sertão. Le rivage était invisible dans l'obscurité, mais des paquets d'algues, découverts par la marée et chauffés au soleil de l'après-midi, insinuaient dans le vent chaud une odeur amère.

« Gil, dit Catherine doucement, veux-tu vraiment changer de vie ? »

Les Brésiliens ne disent jamais oui. Soit ils répètent le verbe de la phrase interrogative : « Veux-tu ? Je veux. » Soit ils convoquent des expressions telles que : « C'est clair, c'est parfait. »

Gil fit un oui subtil. Il dit :

« *Lógico !* »

« C'est logique », façon d'adhérer à la forme du propos, mais sans dévoiler sa propre pensée.

« Eh bien, voilà : je vais rentrer en France quelque temps. Dis-moi ce que je peux faire pour toi. Je veux revenir avec quelque chose qui te permette d'être heureux. »

Il restait silencieux, les yeux fixés sur la table.

« Je t'en prie, dis-moi simplement ce que tu veux. »

Elle répéta plusieurs fois sa demande, se fit suppliante. Il finit par la regarder assez tendrement et lui caressa la joue sans rien dire. Et elle qui l'avait pris pour un gigolo ! Quelle bassesse ! Elle sentait bien qu'en répétant sa question, elle l'humiliait et s'humiliait elle-même. Mais il lui parut que, pour réparer son injustice, son insolence, sa morgue passée, il fallait qu'elle plonge tout entière dans cette bourbe.

Elle répéta qu'elle ferait exactement ce qu'il voudrait, qu'il devait seulement parler, exprimer une préférence. La veille, elle avait fait ses calculs : même s'il lui demandait quelque chose d'énorme, une voiture par exemple, elle pouvait le lui offrir.

Gil écoutait le chanteur. Il sourit et fit signe à Catherine d'écouter les paroles :

Eu vou partir
para cidade garantida, proibida,
arrumar meio de vida,
*para você gostar de mim**.

Elle lui prit la main et laissa échapper un sanglot qui fit se retourner les dîneurs aux tables voisines.

Ce soir-là, elle n'obtint rien de plus, rien que l'amour des corps, muet, suant, dans cette chambre sans climatiseur, accompagné par les cris du sommier de bois.

Au bout de deux jours de siège, Gil finit par parler.

« Je veux le Mariscão », annonça-t-il tranquillement.

C'était un bar dans le quartier chic, un établis-

* « Je vais partir / pour une ville sûre, interdite / chercher de quoi vivre / pour que tu puisses m'aimer. »

sement de nuit toujours plein de touristes en quête de sexe exotique, assez sale, bruyant, mais certainement prospère.

Elle le regarda avec une expression d'étonnement stupide.

« Tu veux *acheter* le Mariscão ?

— Oui.

— Mais… combien cela peut-il coûter ? »

Il baissa les yeux puis, sans la regarder, dit :

« Il est à vendre pour quatre-vingt mille dollars. »

Elle réfléchit, multiplia, chercha la place de la virgule, convertit en francs, car elle ne pouvait se représenter en dollars une somme aussi élevée. Enfin, elle murmura :

« Cinq cent mille francs ! »

XI

Roissy... Dans les couloirs humides de l'aérogare, Catherine a dévisagé la foule pâle et qui parlait français. Elle a frissonné dans le taxi, monté les étages en courant, ouvert ses stores sans que le jour entrât vraiment dans la maison, faute de soleil, bien entendu. Elle a regardé par la fenêtre le plafond noir des nuages, reconnu le ronronnement de sa rue, touché les murs, les meubles et pleuré.

Les déplacements aériens arrachent et trahissent. Ils ne donnent pas droit à cette rédemption qu'est un long et lent voyage. Sur le carreau froid de l'ailleurs, l'avion jette ses proies à peine conscientes d'être parties.

Catherine se sentait chez elle comme dans une jungle, ou plutôt dans un désert. Rien ne comptait plus à ses yeux. Ces portions de moi arrachées, refroidies, ces bibelots choisis jadis, ces tissus, ces tableaux, tout était là, détaché comme peaux mortes, encombrant indûment le présent. L'inconnu aurait encore éveillé l'espoir, au moins la curiosité. Tandis que ce retour des anciennes habitudes n'était plus que dégoût pur.

Pour comble de malheur, le lendemain de son arrivée était un dimanche. Elle le passa hébétée et transie, flottant dans la clarté laiteuse d'un jour d'hiver.

Lundi la lâcha dans les rues. Elle passa d'abord à la banque, fit l'addition de tous ses avoirs, donna des ordres de vente pour ses titres, demanda qu'on lui prépare pour la fin de la semaine un gros retrait en liquide.

À son bureau, elle fit sensation moins par son bronzage qu'en repartant directement après une courte entrevue avec le directeur général.

Les trois agences immobilières qu'elle visita reçurent chacune mission de vendre au plus vite son appartement, quitte à sacrifier un peu le prix. L'antiquaire, sur la grande place près de chez elle, accepta de l'accompagner séance tenante pour expertiser les meubles, les tableaux et l'argenterie.

Enfin, chez le médecin, elle eut confirmation que sa santé était parfaite et qu'aucune opération n'était indiquée à moyen terme. Il crut la rassurer en lui disant que la ménopause n'était pas en vue. Cette mention de l'inéluctable hiver de son corps la déprima un instant. Mais il lui parut si éloigné de la sensation de plénitude qu'elle éprouvait, qu'elle haussa les épaules et eut presque envie de rire au nez du praticien.

Au terme de cette première journée, elle se mit au lit à huit heures, épuisée. Elle fit ses comptes mentalement. Avec une grande brutalité — mais qu'importe puisqu'elle ne reverrait plus aucun de ces personnages — elle avait obtenu de son patron une prime de cent vingt mille francs pour son licenciement. Elle avait d'abord menacé de tout bloquer en se faisant prescrire un interminable congé de maladie et le directeur avait préféré négocier.

De son appartement, elle tirerait quatre cent cinquante mille francs, emprunts remboursés ; ses placements valaient à peu près cent cinquante mille francs. Le tout, arrondi, se montait à sept cent cinquante mille francs. Restaient à peu près trente mille francs de meubles et autres bricoles, qui, bien sûr, valaient le double.

Dans son lit, souriant à tout ce travail coagulé, fruit de moments sans amour, sans plaisir, presque sans vie, elle pensa que tant de souffrance aveugle prenait enfin un sens.

« Sept cent cinquante mille francs », répétait-elle en souriant. Et pour se donner plus d'espoir, elle ajoutait : « Soixante-quinze millions d'anciens francs. »

XII

Elle voulut le voir le soir même. Les longues heures du voyage, ces quatre semaines passées tendues vers ce moment, la chaleur qui la saisissait depuis son arrivée, tout poussait Catherine à retrouver Gil dès son retour à Recife.

Elle le fit prévenir par un gamin à l'entrée de la favela. Enfin il arriva, vêtu d'une chemise de lin blanc, un pli rabattu sur les boutonnières, très élégant. Elle lui trouva peut-être quelques kilos de plus — de mieux, pensa-t-elle —, ses cheveux étaient plus courts mais c'était bien lui. Elle se jeta dans ses bras.

Sur le toit en terrasse d'un restaurant proche, encombré de plantes en pot et dominé par les gratte-ciel environnants, elle lui remit le chèque de cinq cent mille francs. C'était le Mariscão, son rêve, sa liberté, son amour. Elle aurait aimé refaire ce geste trois ou quatre fois : saisir son sac, sortir le papier, le tendre, sentir la main de Gil s'ouvrir, le papier s'éloigner. Mais comme tous les grands événements — la mort surtout… —, il ne se concevait que bref, nu, irrémédiable.

Restait la glose : avec fièvre, elle donna mille détails techniques sur la manière de toucher le chèque, le cours du dollar et du cruzeiro, les précautions à prendre pour les placements intermédiaires.

Gil l'embrassa par-dessus la table. Elle se tut. Une gargouille d'eau claire alimentait la piscine en faisant un clapot frais. Des lampes, au fond du bassin, illuminaient les parois d'émail bleu. Saoulées par le soleil de la journée, les plantes s'étiraient dans leurs pots et poussaient des soupirs parfumés. Catherine frissonna. Gil lui dit que ce soir il ne pouvait pas rester avec elle.

Il la raccompagna à son hôtel. Elle monta l'escalier en titubant, et, sitôt entrée dans sa chambre, elle sentit qu'il avait bien fait de la laisser seule ce premier soir. Un sanglot monta en elle, un spasme trop violent d'abord pour que les larmes lui donnent issue. Elle subit les assauts de ce hoquet profond, viscéral, qui n'était point souffrance mais libération, moins tristesse que soulagement, comme l'agonie du coureur de marathon qui franchit les derniers mètres. Elle pleura enfin, avec cette sensation délicieuse de prendre pitié d'elle-même et pour la dernière fois.

Le lendemain, elle retrouva comme un naturel l'air moite, les robes légères et les couleurs passées à la lumière du grand soleil. Encore pleine de son énergie parisienne, elle entreprit de s'organiser. Avec son pécule, elle acheta une Volkswagen d'occasion mais en excellent état et versa des arrhes pour la moto dont Gil rêvait. Elle visita deux maisons à Olinda et, sans hésiter, choisit de louer la seconde. Au centre-ville, dans ces quartiers où l'on trouve tout, elle commanda un lit et quelques autres meubles. Elle donna l'adresse pour les faire livrer. Deux jeunes garçons, très noirs de peau, les chargèrent sur une carriole traînée par un cheval si maigre, si pelé, si souffrant, que sa vue même était pénible.

Le soir, Catherine sentit que toutes ces occupations l'avaient éreintée. Le décalage horaire aidant, elle s'endormit à huit heures. Gil ne reparut que le lendemain. Il l'aida à emménager dans sa maison.

C'était une cassine coloniale de trois pièces, décorée d'un fronton en stuc et peinte en bleu clair. Le vent marin l'avait noircie de lichens. Elle se prolongeait par une terrasse minuscule, juste assez large pour y pendre un hamac, et par un jardinet de terre sèche où poussait un flamboyant. Le touriste, en passant devant, disait : « Voilà une belle maison de pauvre. » Et, poursuivant le chemin en pente raide, il atteignait le couvent de São Francisco et, au-dessus encore, le Séminaire, flanqué de ses palmiers royaux immenses, raides, serrés dans leur faux col vernis, guettant depuis quatre siècles la mer indigo.

Les quartiers chics d'Olinda étaient de l'autre côté. La maison de Catherine était située sur un versant écarté, longtemps réservé aux domaines d'Église mais qu'une coulée de demeures modestes avait envahi peu à peu.

La nuit, toutes les maisons de la rue y déversaient leurs bruits comme dans un égout. Des tintements de pots, des conversations de femmes, des cris d'enfants, le grasseyement des télévisions dégringolaient entre la double rangée de façades basses. Des hommes en maillot de corps s'installaient sur le trottoir pour fumer, assis sur des chaises dont deux pieds avaient été sciés pour compenser la déclivité de la rue.

Gil venait là très volontiers. Catherine comprit qu'il se sentait plus à l'aise dans ce quartier populaire que dans le ghetto riche de Boa Viagem. À le voir s'accroupir dans un coin de la terrasse, s'endormir dans le hamac, elle le devinait familier de ces maisons minuscules où s'entassent des familles nombreuses. L'espace n'y est point attribué, encore moins clos. Chacun se met où il veut pour manger, où il peut pour dormir, non d'après une marque de propriété mais par une sapience égoïste des coins frais, de la plus douce brise, ou simplement pour être près de l'être aimé ou convoité.

Gil passait en général le soir. Dans la journée, Catherine vivait la vie de son nouveau quartier. La langue brésilienne n'était presque plus un obstacle pour elle. Pour la première fois de son existence, elle était délivrée. Sa vie ne s'écoulait plus entre des murs, rien ne canalisait son temps. Cette pensée l'exalta. Elle se prit d'une sympathie fraternelle pour tout ce qui était libre. Les sternes qui planaient au-dessus du Séminaire étaient ses amies ; elle leur parlait, les encourageait. Elle s'asseyait longuement sur la place de la Sè et bavardait avec les gamins vagabonds qui attendaient les touristes. Enfances à la dérive, têtes sans espoir mais sans chaîne, lutte précoce pour la vie mais sans qu'aucune autorité ne fixe de borne, elle enviait chez ces mômes la jeunesse d'une vocation qu'elle n'avait entendue qu'à quarante-six ans.

Elle sentait sa vie ralentir, s'enfoncer dans le quotidien comme ces bateaux dont l'étrave plonge dans l'eau quand le pilote les freine pour entrer au port. Elle remarquait maintenant autour d'elle des êtres qu'elle n'apercevait pas auparavant : les insectes, les rongeurs, les oiseaux et même les êtres humains. De l'autre côté de sa rue, derrière un rang étroit de maisons en dur, une favela dégringolait jusqu'aux jardins du couvent. On l'y invita.

Elle alla rendre visite à des femmes chargées d'enfants, à des hommes édentés, dont la vie entière se déroule sur un rythme alangui, monotone, qui se nourrissent lentement du moindre geste et précipitent ce temps fondu, visqueux, en cristaux de bonheur, incroyables et précieux : sourires, contes, chansons, danses. Elle qui, dans la sueur des bureaux aseptisés, s'était prise à haïr ses congénères, ici, dans la pureté de ces baraques crasseuses, elle se reprenait à les aimer et en avait les larmes aux yeux.

Toutes ces rencontres ouvraient son appétit de vie. Mais une seule chose pouvait le rassasier : être avec Gil. Il ne venait pas tous les jours. Il lui avait expliqué qu'il était très occupé. Le Mariscão, qu'il convoitait, avait été vendu à quelqu'un d'autre avant son retour. Un instant, Catherine lui en voulut de ne pas l'avoir prévenue tout de suite et d'avoir pris l'argent en lui laissant croire que l'achat était encore possible. Mais, rapidement, elle se dit qu'il n'y était pour rien, qu'elle avait trop tardé et qu'il avait sans doute été le premier déçu. De toute façon, il était activement à la recherche d'une autre affaire. Du matin au soir, il sillonnait la ville avec sa moto.

Un jour, elle le vit passer à toute vitesse, près du centre commercial, emmenant derrière lui une fille qui le tenait bien fermement, les mains posées à plat sur son ventre. Catherine rentra chez elle désemparée, avec le cadeau qu'elle venait de lui acheter, une montre de plongée.

Il vint le soir, passa la nuit avec elle. Ils ne parlèrent de rien. Catherine avait la conviction depuis longtemps qu'il sortait avec des filles de son âge. Qu'ajoutait-il d'en avoir la preuve et de le lui faire savoir ? Lui aussi était comme les oiseaux du Séminaire : libre, et tel elle l'aimait.

XIII

Plusieurs fois, tandis qu'elle était seule avec lui dans la maison, Catherine eut l'impression que Gil s'ennuyait. Il bâillait, tournait en rond, cherchait un prétexte pour ressortir. Cette idée la tourmenta. Elle ne pensait pas à l'avenir. Mais cette usure compromettait l'infinie prolongation du présent.

Elle l'incita à faire venir des amis. Comme il se sentait très libre dans cette nouvelle maison, il ne fit aucune difficulté pour y inviter des Brésiliens. Presque chaque soir, il amenait pour dîner deux ou trois personnes.

Catherine n'y vit d'abord que des avantages. Lorsqu'il y avait du monde, Gil riait, parlait plus volontiers. Surtout, grâce à ces amis, elle allait mieux le connaître. Elle avait passionnément envie de se faire apprécier de ceux que Gil lui présentait.

Elle fit beaucoup d'efforts mais n'y parvint pas. À toute force, elle aurait voulu que ces rencontres se passent bien. Mais rien n'y fit : elle n'aimait pas les amis de Gil et les amis de Gil ne l'aimaient pas.

Il y eut d'abord beaucoup de passage puis, peu à peu, un petit groupe prit ses habitudes, écarta les autres et constitua une équipe stable. C'étaient, hélas, ceux que Catherine craignait le plus. Non seulement elle était gênée par leur présence, mais elle se mit à la redouter.

Le premier de ces habitués était Luís Roberto, jamais nommé et désigné par son surnom « O Ratoeiro », c'est-à-dire le piège à rat *. C'était un garçon de vingt ans environ, originaire du sertão, l'arrière-pays aride et misérable. Il était à ce point taciturne qu'elle le crut longtemps muet. Son visage évoquait une arme : un nez tranchant, cruellement prolongé vers le bas comme une estafilade qu'on se serait appliqué à poursuivre jusqu'aux lèvres, une bouche mince, inapte au baiser, rétive à la parole, faite pour le crachat, la morsure. Il portait jour et nuit d'absurdes lunettes noires, inutiles sinon pour ôter tout accès au regard et à l'âme. Il arrivait avec Gil, se postait dans un coin et observait.

Un autre était un garçon troublant, de taille moyenne, mulâtre clair aux traits fins. Il avait, comme disent les Brésiliens, des cheveux de feu.

* En argot des favelas.

Dès la première rencontre, Catherine lui avait trouvé l'air efféminé. Il était excessivement parfumé, ses gestes avaient une grâce forcée. Un jour, elle nota qu'il avait une poitrine saillante et, par l'échancrure de sa chemise, elle vit un sein rond. Inacio ne s'était jamais travesti pour venir chez elle. Mais tout de même, il y avait ce sein.

Enfin venait Carlos Magno. C'était un Indien pur, né en Amazonie, fils d'un instituteur de la forêt. Son père avait choisi pour lui ce nom historique, Charlemagne, et qui, faute d'un destin à sa mesure, était ridicule, surtout pour les étrangers. Carlos Magno faisait des études de sociologie d'autant plus interminables qu'elles ne déboucheraient jamais sur aucun emploi. Il masquait le caractère fragmentaire et superficiel de son savoir par l'acharnement qu'il mettait à rabâcher quelques livres : *Peau noire, masques blancs*, *L'Idéologie allemande*, *Les Veines ouvertes de l'Amérique latine*... Il avait une culture de prêtre de campagne où Marx remplaçait la Bible.

Avec Catherine, il se comportait toujours de façon extrêmement agressive. Personne, parmi ses amis, ne s'intéressait à ses théories politiques. Avec une étrangère, il pouvait exiger l'attention. Il en profitait pour la provoquer et créer un perpétuel malaise en invectivant une représentante des pays oppresseurs. Il avait compris que la faible culture politique de son adversaire, son manque d'aisance linguistique, sa gentillesse aussi lui permettaient de triompher sans peine. Chaque fois, Catherine le voyait arriver avec terreur, brandissant un nouveau crime impérialiste lu dans un journal le matin, à partir duquel il instruisait laborieusement, en termes toujours identiques, le procès du capitalisme et du colonialisme blanc.

Catherine le considérait comme un personnage désarmé et pitoyable, mais elle en avait peur. Une haine véritable brillait dans ses yeux, peut-être à cause de ces quatre doigts coupés à la main gauche, dans une scierie.

La présence constante de cette troupe bouleversa peu à peu la vie de Catherine. À cause de l'antipathie qu'elle avait pour eux, elle n'était à l'aise chez elle qu'en leur absence. Or, ils accompagnaient Gil presque constamment. Elle en venait à désirer que Gil s'en aille aussi pour qu'ils disparaissent.

Ses moments les plus précieux, les plus désirés, ceux où elle était avec Gil, devinrent ceux qu'elle redoutait le plus. Elle était comme l'animal dont on empoisonne le plat et qui, faute de ne pouvoir désirer ni d'avoir faim ni de manger, devient fou.

En groupe, puis seule, elle se mit à boire beaucoup. Ses nuits étaient agitées, sans sommeil. Dans le miroir brisé de la salle de bains, elle eut honte de son visage, tendu d'œdème le matin, semé de rides plus profondes, entouré de cheveux cassants.

Les seuls moments où Gil n'était qu'à elle étaient ceux de l'amour physique. Elle se mit à les provoquer sans cesse. Elle recherchait par ce moyen une assurance de tendresse et de sécurité. Mais, en le faisant, elle donnait l'apparence de la lubricité, de l'audace charnelle. Le malentendu s'installa. Plus elle provoquait son amant, plus il se dérobait. Elle sentait chez lui un dégoût à la vue de cette femme vieillissante qui semblait ne plus commander à ses sens. Alors, pour le faire céder, elle le provoquait encore plus crûment.

Gil invoquait, pour se soustraire à ces invites, la présence indiscrète de ses amis. Catherine suggéra de faire des escapades hors de la maison. En pleine après-midi, elle l'entraînait jusqu'à la ville neuve d'Olinda. Ils pénétraient dans le motel bon marché qui bordait la ville, entre un *rio* souillé et une favela, et ils faisaient l'amour pendant deux heures.

L'abjection, quel que soit le motif d'y entrer, a sa propre pente. Gil commença par résister à ces provocations. Puis il se laissa entraîner par cette force charnelle dont il ne saisissait pas l'origine. Il n'y vit d'abord qu'un appétit inexpliqué d'étreintes fréquentes et violentes. Enfin, il se rendit compte que tout était possible : l'être qui était devant lui offrait simplement sa totale soumission. Il s'essaya à en faire usage.

Jusque-là, Gil avait toujours gardé avec sa maîtresse européenne une distance respectueuse. Le temps n'était pas encore loin, à Recife, où des bandes noires et blanches, tracées sur le pavage des trottoirs, indiquaient les zones où devaient cheminer les esclaves pour ne point se mêler aux maîtres. Quatre siècles de servitude ont fait entrer les contraintes dans les têtes si profondément qu'aucune loi ne peut les abolir.

Seul le maître peut changer cet ordre. Transgresser quand on vous le demande, c'est encore obéir. L'esprit de l'esclavage commande alors d'abuser, non par plaisir mais par zèle. Gil mit à maltraiter Catherine une constance, une conviction d'autant plus fortes qu'il n'avait pas entrepris de lui-même cette persécution et qu'elle la lui avait ordonnée.

Peu à peu, il prit l'initiative. Il l'emmenait au motel de lui-même, garait sa moto au milieu de la grande place de Varadouro, toujours couverte de monde. Devant tous les vendeurs ambulants, les chauffeurs de taxi goguenards, les policiers, il lui faisait traverser la place en marchant sur le terre-plein central, jusqu'au motel. Là où des voitures furtives, à la tombée de la nuit, entraient discrètement, eux passaient en plein jour et à pied.

Devant les visiteurs, il se mit à la traiter grossièrement, à lui donner des surnoms insultants.

De plus en plus souvent, il autorisait ses amis à dormir sur la terrasse. Dans la chambre voisine, ouverte sur le jardin par un grillage sans huisserie, il imposait à Catherine de faire l'amour de la façon la plus brutale, en répétant sur son ordre des paroles outrageantes assez fort pour que nul, au-dehors, ne pût ignorer ce qu'elle avait à subir.

Une part d'elle-même se révoltait mais faiblement, tandis qu'une autre se troublait à éprouver le plaisir que lui causaient ces humiliations. Peut-être étaient-elles simplement la forme nouvelle et inédite d'une mutuelle passion. Dans cette *camera obscura* du corps soumis, la violence s'imprime à l'envers, comme l'image d'une attention, d'un désir, comme la certitude photographiquement révélée d'une présence et d'un sentiment.

XIV

Gil imposait désormais les lieux où ils sortaient, pour que ses amis d'abord y trouvassent leur plaisir. Ils quittèrent les parages des classes fortunées, les hôtels perdus dans des jardins luxueux, les bars à la mode. Gil choisissait maintenant des coins plus populaires et plus simples. À la plage, ils allaient à dix kilomètres dans une anse de mer polluée d'algues pourries et de goudrons. Ni Gil ni sa bande ne se baignaient. Mais ils adoraient voir voler les ULM en rase-mottes au-dessus du sable. Ils se postaient près d'un garage qui réparait ces engins au bord de la plage. Des après-midi entières, ils allaient faire la conversation au mécano, les pieds dans un cloaque de sable et de cambouis. Catherine attendait, étendue près de la mer qui dégorgeait une mousse brune et des grumeaux de naphte. Un tas d'ordures fumait, répandant une odeur âcre de pneus brûlés. Sous une misérable paillote, une vieille femme vendait des bières tièdes.

Le soir, ils allaient dans des dancings sombres. L'odeur de Gil quand elle l'avait connu, cette odeur d'humidité, de terre, de peau brune, de parfums frelatés se multipliait : cent corps suants l'exhalaient ensemble. De petits quinquets bleus ou jaunes pendaient au-dessus des tables branlantes. Un ballet ininterrompu de filles deux par deux et de garçons seuls entrait et sortait des toilettes. Dans ce décor si triste au seul usage de la joie, la musique portait tout l'espoir de la fête. À la fin de chaque morceau, les danseurs retombaient dans une hébétude désespérée. Certains continuaient de s'agiter sur le rythme interrompu, et un grand frisson remettait tout le monde en mouvement quand l'orchestre attaquait, bouches essuyées et cordes retendues, une nouvelle mélodie de *forró*.

Gil et ses amis s'asseyaient toujours près de l'orchestre. Les hurlements des haut-parleurs les contraignaient à communiquer par gestes. O Ratoeiro restait assis, gardait ses lunettes noires et observait. Carlos Magno dévisageait les danseurs d'un air haineux. Inacio circulait jusqu'à ce qu'un groupe d'hommes à son goût le conviât à sa table. Gil dansait. Il ne cessait de danser de l'entrée jusqu'au départ et s'en allait en sueur. Il ne se gênait plus pour entraîner des filles sur la piste, les presser contre lui et, sans doute, combiner des rendez-vous avec elles.

Catherine n'avait jamais bien dansé. Il était rare

que Gil l'invitât encore mais, comme il était jaloux, il n'acceptait pas que d'autres s'occupassent d'elle. Elle accueillait cette exclusive comme une marque d'importance. Elle restait assise et regardait. De toute façon, son observation l'avait convaincue qu'il était inutile, pour un étranger lucide, de vouloir se mêler aux danses des Brésiliens. Elles leur appartiennent en propre.

Parfois, un enfant de cinq ou six ans, échappé des cuisines où sa serveuse de mère l'avait traîné, se joignait aux danseurs sur la piste. Il reproduisait d'instinct les pas les plus complexes en rythme et avec naturel, et révélait le lien profond de cette danse avec un peuple et une terre dont elle naît comme le végétal. Tout apprentissage est vanité pour qui ne s'enracine pas dans cet humus-là.

Catherine, en observant les danseurs, avait tout loisir pour penser à sa vie. Depuis son retour de France, son existence s'était complètement transformée. Il y avait quelque chose de vertigineux dans cette évolution. Mais sa rapidité la rendait acceptable. Le doute n'avait plus sa place. Catherine sentait qu'elle avait franchi une invisible frontière. Lorsqu'elle croisait des touristes dans la ville, elle éprouvait une fierté, un orgueil mauvais. Elle, si récemment encore semblable à eux, avait quitté le ghetto doré, les faux-semblants, la médiocre mise en scène de l'exotisme. Elle était passée dans l'envers du décor, elle connaissait maintenant la machinerie de l'illusion, les cintres et les coulisses de la grande comédie brésilienne. D'un coup d'œil, elle repérait dans la rue les étrangers qui allaient se faire voler et à quel moment. Puis elle croisait le regard d'un gamin pieds nus, attentif, qui, en souriant, lui montrait qu'il avait vu qu'elle avait vu. Elle avait l'œil des brigands.

Dans la journée, souvent, elle descendait jusqu'à la bibliothèque portugaise. C'était, dans le centre-ville encombré de voitures, un bâtiment à hautes fenêtres. On accédait à la salle de lecture par un escalier monumental. Il se divisait en deux à la hauteur d'un palier où des esclaves d'ébène enturbannés brandissaient des flambeaux d'opale. Le cabinet lui-même était une immense pièce, haute comme une halle, ornée à son pourtour de bustes à l'antique. Sur les quatre côtés, des bibliothèques de palissandre atteignaient presque le plafond. Une galerie de bois à balustrade chantournée courait tout autour pour permettre l'accès aux plus hauts ouvrages. La chaleur entrait par les vitraux ouverts et des gouttelettes d'humidité brillaient comme une sueur au front des sculptures de bronze. Les livres tournaient vers la salle leurs dos de cuir dont l'alignement couvrait les murs d'un marron sombre piqueté de moisissures et d'or.

Catherine choisissait un ouvrage dans le fichier

branlant, attendait qu'un vieil Indien remonte en le traînant avec lui et le consultait sur une des immenses tables de jacaranda.

Lorsqu'elle lisait des livres sur le Brésil, l'esclavage, les tribus indiennes, ce n'était plus folklore pour elle.

Par exemple, l'histoire de l'immense zone aride, ce sertão avec ses vaches maigres, sa *caatinga*, maquis de broussailles sèches, ses chansons et ses brigands chapeautés de cuir, lui évoquait O Ratoeiro. Elle revoyait son visage, suivait l'exode de ses parents vers la ville, sentait l'humiliation de la liberté perdue et de la richesse promise, mais que la mégapole réserve à d'autres.

Elle apprenait à connaître l'aventure des Indiens qui sont entrés dans l'Histoire quand l'Histoire, casquée, est entrée chez eux, par un matin de l'hiver 1500, et qui n'ont cessé depuis d'être anéantis par ces nouveaux dieux auxquels ils avaient pourtant accepté de se soumettre. Et elle voyait Carlos Magno que son infirmité aurait tué dans la forêt, mais qui vivait, dans la ville, un sursis d'humiliation.

Et des Noirs vaincus, vendus, fous, mutilés, importés comme choses mortes et qui ont apporté la vie à cette terre par le sexe et la musique, la danse et le rire, des Noirs et de leurs infinis mélanges, de leurs éclats disséminés jusque dans la chair des Blancs, dans ces cheveux trop crépus, ces nez trop épatés, ces peaux trop mates qui sont les lointains échos du désir qu'ils ont toujours fait naître, des Noirs, elle voyait en Inacio la métamorphose et en Gil la puissance.

Mêlée aux conversations de la petite bande, elle n'ignorait plus rien de leurs trafics, des expédients qui les faisaient vivre. Elle savait qu'Inacio se prostituait rue Antonio Falcão. Ils étaient même passés lui rendre visite un soir. Il était méconnaissable, déambulant sur ses hauts talons, complètement vainqueur de tout reste d'apparence virile, par un recours démesuré, inouï, à l'alchimie féminine. À cet excès de fard, de dentelles et de jarretelles, à la démesure de ses faux ongles et de ses cils, on voyait justement qu'il était travesti.

Carlos Magno, lui, faisait du trafic d'œuvres d'art. Quant au Ratoeiro, ses affaires étaient intermittentes, secrètes et graves. Il se préparait en devenant plus taciturne et plus figé encore que de coutume, glacé, s'absentait un jour ou deux, puis revenait avec l'air de qui, rêvant de sang, a pu en être abreuvé.

Gil, à ce qu'elle sut, avait un peu tout fait. Ce n'était pas le laborieux artisan d'un seul crime. Il prenait l'argent là où il lui était le plus aisé de le trouver : dans la drogue par de petits trafics de *maconha,* par les hommes autant que par les femmes, dans des coups de main, d'obscurs services rendus. Catherine aimait chez lui cette hauteur, ce détachement, cette forme de noblesse. Il n'accomplissait, même par nécessité vitale, que des gestes de dilettante.

Elle fut étonnée de voir avec quelle facilité elle avait écarté toute tentation de réprobation morale. Elle semblait revenue à cette première et lointaine époque de la vie où l'on peut encore rêver d'entrer tout armé dans la société, d'arracher au monde ce qu'il vous doit, de lui faire payer ses injures et toute son imperfection.

Un équilibre s'était créé entre elle, Gil et ses amis, qui pouvait passer pour une entente profonde. La violence quotidienne que Catherine côtoyait et subissait ne marquait rien d'autre que son entrée dans le groupe. Elle était passée de l'autre côté, là où le monde est sans pitié et sans égard, où la misère impose ses rudesses au corps et à l'esprit, où la vie n'est que le solde d'un compte entre la violence reçue et celle que l'on administre. Les scrupules, la prévenance, la politesse sont réservés aux étrangers, aux riches, à ceux que l'on respecte mais que l'on vole. La brutalité, elle, est la part des familiers, de ceux que l'on piétine mais que l'on aime.

Mais dès qu'elle comprit cet équilibre et voulut en jouir, elle sentit s'ouvrir de nouvelles trappes et que le vortex de la haine l'attirait encore plus bas.

XV

Dans un coin de la deuxième chambre, celle qui donnait derrière la maison, deux carreaux du sol étaient mal scellés. Catherine avait aménagé dessous une petite cache. Elle y dissimulait une liasse de billets qu'elle gardait avec elle. De temps en temps, elle retirait quelques francs pour les changer en ville au marché noir. À chaque opération, elle prenait grand soin de n'être vue de personne, pas même de Gil.

Un jour pourtant, devant procéder à un règlement urgent, elle toucha à son petit magot pendant que Gil recevait ses amis de l'autre côté, sur la terrasse. Tandis qu'elle remettait les carreaux en place, elle vit passer une ombre devant la fenêtre. Le temps de se retourner, l'intrus avait disparu. Elle eut la conviction d'avoir reconnu les cheveux luisants et plaqués de Carlos Magno.

Quand elle revint auprès du groupe, elle croisa son regard noir, son regard d'Indien traqueur de proies. Gil vint s'asseoir près d'elle et commença de lui passer la main sous la robe. Ils avaient tous beaucoup bu. Des cadavres de bière jonchaient le sol et des nuages huileux de *maconha* s'accrochaient aux franges du hamac, aux tissus des coussins. Assis par terre, les amis de Gil le regardaient en riant caresser les seins de Catherine, chercher sa bouche. Il lui souffla à l'oreille : « Allons au motel. »

Elle ne pouvait s'abandonner. Elle était sûre d'avoir été découverte. Quitter la maison maintenant, c'était donner carrière au voleur. Elle jeta un coup d'œil à Carlos Magno. Il était immobile comme un chasseur.

« Pourquoi pas dans la chambre, ici ? » dit-elle doucement à Gil.

Il lui serra le bras, presque à la faire hurler.

« Au motel. »

Le vent chaud rabattait de l'ouest un air brûlé, cuit sur la plaque rougie du sertão. C'était une nuit étouffante et obscure, sans lune. Elle eut peur. Elle aurait aisément affronté Gil, subi ses coups, si elle n'avait eu l'intuition qu'il était complice de ce qui se tramait et qu'il l'éloignait volontairement. Tout, cette fois, sans le voile de l'amour, lui apparaissait sordide, dangereux, ignoble.

Ils descendirent vers la ville basse. Gil titubait sur les pavés. À deux reprises, elle s'arrêta, dit qu'il valait mieux revenir. Chaque fois, il la saisissait, la remettait en mouvement et elle obéissait. En dix minutes, ils arrivèrent au motel. Il y avait longtemps qu'ils n'y étaient pas retournés. Catherine entra dans la salle de bains et se déshabilla. Quand elle revint dans la chambre, Gil était endormi sur le lit.

Elle resta plantée là, au milieu de la pièce, abattue. Elle se dit que ce qui devait arriver dans la maison avait sans doute été accompli. Il n'y avait plus rien à faire. Elle se regarda dans les glaces qui entouraient le lit. Soulevant ses seins, elle mesura leur affaissement. Elle pinça ses cuisses pour évaluer ce qu'il faudrait en ôter, fit de même sur son ventre, ses épaules. Dans le silence de la chambre, l'armée du temps était là, autour d'elle, avec ses fantassins d'abord, ce petit moment présent, insignifiant, faible, meurtrier pourtant, puisqu'il la retenait là pendant que dans sa maison agissait le chasseur indien. Ensuite venait l'immense troupe des instants passés, disparus après avoir lâchement planté dans sa chair de minuscules flèches. Ces plaies invisibles et microscopiques s'étaient accumulées et laissaient leur flétrissure sur sa peau et sous elle, dans ces graisses livides, creusaient leur sape sous le derme qu'elles effondraient en rides profondes.

Elle réveilla Gil, lui cria qu'ils étaient venus faire l'amour, pas dormir. Ses seins ballottaient pendant qu'elle le secouait. Elle s'allongea sur lui, plaqua sur son visage ses cuisses ouvertes.

Il la repoussa violemment, fit un bond hors du lit. Elle le regarda, allongée sur le dos, le laissa prendre un ceinturon sur la chaise. Il leva son bras pour la frapper. Jamais ses muscles n'avaient été aussi beaux. Elle tenait les yeux fermés au moment du choc, pour sentir la douleur pénétrer en elle, châtier sa chair. Elle les rouvrait pour le voir se tendre, grimacer de violence, bander le coup, lâcher la claquante lame de cuir ferré. Quand la peau suffisamment gorgée de haine eut fini par reprendre vie, vengée des dégâts du temps, elle se sentit redevenir désirable et recueillit l'hommage tendu du bourreau noir couvert de sueur, fou d'une possession que le sang, en rayures turgides le long du dos, des cuisses, des seins, attestait sans doute possible.

Quand ils rentrèrent, la maison était vide. Elle alla à la cachette : l'argent n'y était plus. Elle revint vers Gil et lui dit ses soupçons. Elle n'avait pas mis de réflexion dans cet aveu, seulement le désir confus de récupérer cette somme qui était comme autant de jours de vie supplémentaires ensemble, autant de cadeaux, de plaisir. Il s'y ajoutait la volonté de planter entre Gil et ses amis un coin suffisamment profond et large pour commencer de les séparer.

Mais comme elle le redoutait, Gil ne dit rien, finit sa bière et s'enroula dans le hamac pour y dormir.

XVI

Périclès habitait tout en haut d'Olinda, rue São Bento. Sa maison n'attirait pas l'œil, avec sa façade ocre et ses grilles rouillées. Mais pour qui savait regarder, elle était certainement la plus belle de la ville.

D'un côté, elle donnait sur une place entourée d'arcades : c'était l'ancien marché aux esclaves. De l'autre, elle était bordée par une chapelle minuscule qui abritait un autel toujours orné de cierges allumés. Le dimanche, le prêtre avait juste la place d'y officier. Les fidèles, eux, restaient dehors, au soleil ou au vent. C'était le premier lieu de culte qu'avaient édifié les Portugais au moment de la fondation de la ville. Mais pour éprouver la beauté de la maison de Périclès, il fallait pénétrer à l'intérieur.

C'était une maison, point un palais. Ses pièces, quoique petites, étaient pleines d'un charme monumental. Derrière des grilles de fer travaillé s'ouvraient des perspectives étroites mais infinies sur la mer. Le sol était couvert au rez-de-chaussée de dalles sonores comme celles des cathédrales et, aux étages, de lattes de tek de quarante centimètres de large, sciées dans la masse par dix hommes. La lumière entrait par de petites fenêtres. Elle cheminait dans des boyaux de murs ou de couloirs et arrivait blanchie, exténuée, renonçant à pénétrer le relief tourmenté des meubles et des objets. Partout, d'immenses armoires de sacristie, des tables aux pieds sculptés d'acanthes ou de lions, des vaisseliers de bois-brésil emplissaient de leurs masses baroques les volumes austères. Et sur chaque mur, sur le rebord des ouvertures, sur des piédouches de plâtre, étaient posées des statues de saints. Il y en avait de toutes les tailles. Leurs tuniques étaient figées dans des plis complexes que seule la tempête pouvait leur avoir donnés. Pétrifiés, immobiles, il manquait à chacun d'être emporté dans un vent invisible, céleste sans doute, et qui ne paraissait jamais souffler dans la même direction. La teinte amarante, outremer ou turquoise de leurs habits, était atténuée par une patine qui donnait aux vêtements la texture d'un velours. De l'or, par-dessus, était versé, or baroque, or dont le Portugal s'était saisi au Brésil pour en faire offrande à Dieu et qui y était revenu, comme une mode frénétique, au point d'y représenter non l'attribut du sacré mais le sacré lui-même.

Périclès, par profession, était *santeiro*, « faiseur de saints ». Il serait plus exact de dire qu'il les copiait et honnête d'ajouter qu'il les faisait copier. Le métier de sculpteur, cet illusionniste religieux qui pétrit dans le bois, la pierre ou le plâtre, l'image et l'émotion de la foi, ce métier-là a presque disparu. Mais les formes restent, dépouilles de la ferveur, et Périclès se bornait à les reproduire. Il se faisait confier par des curés de campagne les statues qu'il avait remarquées et qui, leur disait-il, nécessitaient une restauration. Le prêtre ne payait rien ou très peu et Périclès lui rendait une copie fort bien faite — ou parfois l'original après en avoir fait le relevé.

Ce n'était pas un mystique mais un esthète : il aimait toucher ses saints, caresser leur visage de bois. Mais il ne croyait pas en leur présence réelle. La seule puissance qu'il leur reconnaissait dans l'ordre matériel était de lui faire gagner beaucoup d'argent. Les saints baroques se vendent bien, surtout aux États-Unis. Le cycle de l'or se poursuit.

Périclès ne touchait jamais un burin. D'ailleurs, à l'origine, il était professeur d'histoire. Un bataillon d'ouvriers appointés et misérables, mouleurs, peintres, doreurs, travaillait pour lui. Peut-être l'un de ces hommes simples avait-il encore la foi inspirée des vrais faiseurs de saints. Peut-être aurait-il su, libre, créer des formes nouvelles et y mettre du sacré authentique. Mais ces pauvres employés étaient payés à la tâche et priés d'exécuter les copies sans dévier des cotes.

Pendant qu'en bas, dans ce qu'il appelait la cale, son petit monde travaillait, frappait, enduisait, peignait, Périclès, tout en haut, regardait la ville. C'était un homme de cinquante ans environ, presque chauve, au visage lisse et tendu. Il était si rigoureusement homosexuel que ses toilettes privées étaient équipées d'un urinoir mural. Mains jointes, yeux baissés, il se donnait des attitudes de moine.

On était au mois de janvier. Le carnaval approchait. Il regardait en contrebas, dans la cour de la mairie, les jeunes garçons de la ville, torse nu, achever de construire les chars de la Pitombeira. À Olinda, à la différence de Rio, le carnaval n'est pas un spectacle mais un véritable événement populaire. La foule défile dans les rues en suivant des groupes de chars, de musiciens et de danseurs qu'on appelle des *blocos*. Les immenses cortèges qui accompagnent chaque *bloco* cheminent lentement dans les venelles en dansant. Quand deux d'entre eux par malheur se rencontrent dans ces boyaux étroits, c'est un assaut violent et tonitruant de bannières, de musiciens brandissant des cuivres, de faux marquis lançant à la volée des coups de poing et de pied.

Le plus célèbre *bloco* d'Olinda, troupe quasi

officielle depuis plus de cent ans, est la Pitombeira. Elle se réunit autour d'un bar du même nom, à l'ombre de l'arbre qui produit ces petits fruits à la chair pulpeuse, cachée dans une rugueuse cosse, qu'on appelle des *pitombas*.

Pendant qu'il regardait ces préparatifs, Périclès entendit résonner les marches de l'escalier métallique en colimaçon qui montait à sa tanière. Gil arriva le premier, suivi de Carlos Magno. Catherine qui montait derrière crut voir que Périclès embrassait Gil sur la bouche. Ils allèrent sur la terrasse et prirent des sièges. La vue de ce côté n'avait pas de borne. L'horizon même n'était que la métamorphose imperceptible du ciel pâle dans le lointain pastel de la mer. Les frontons blancs et roses de São Pedro et des Carmes retenaient la coulée amorphe des jardins et des toitures romaines. Périclès se pencha pour héler un domestique sur la terrasse du rez-de-chaussée. Il lui commanda des boissons qui arrivèrent rapidement, en tintant sur un plateau.

La visite commença par une heure de conversation banale pendant laquelle Périclès encouragea ses invités à raconter des potins sans intérêt sur la ville. Catherine voyait qu'il ne les écoutait pas ; ses yeux baissés observaient leurs corps. S'ils riaient, il s'y associait bruyamment, penché en avant, et posait la main sur la cuisse de Gil.

L'essentiel de l'explication vint ensuite. Périclès conduisit ses invités à l'étage inférieur et ouvrit une haute bibliothèque grinçante. Il sortit un livre de photographies qu'il posa sur une table couverte d'un épais plateau de marbre. Il s'adressa plus particulièrement à Catherine avec des mines de convers.

« Voici les pièces les plus intéressantes. »

Il montra une série de cinq reproductions, marquées par des signets en différents endroits du livre. Il y avait deux vierges à l'enfant, une bataille, une scène champêtre et une assomption peinte dans le sens de la hauteur. Périclès désigna silencieusement chacune des images, attendit qu'elle pénètre dans l'œil des assistants. Enfin il releva la tête, sourit silencieusement à Catherine et baissa les yeux pudiquement vers le sexe de Gil.

XVII

Le soir, avant de partir, l'attente se prolongea dans la maison de Catherine. Il valait mieux ne pas boire même s'ils avaient soif. Avec la chaleur qu'il avait fait dans la journée, les chiens, dans les jardins, hurlaient. Vers onze heures, ils entendirent passer la *seresta*.

Chaque vendredi à Olinda, bien tard dans la soirée, deux vieilles femmes, trottinant sur leurs talons hauts, arrivent devant l'église São Pedro. Elles sortent leur violon de son étui et commencent à l'accorder. Autour d'elles, deux mandolines, trois *cavaquinhos* et une quinzaine de guitares se rassemblent. D'un coup d'archet, l'une des vieilles donne le signal. Toutes les cordes tendues attaquent une mélodie. L'équipage s'ébranle, monte par les ruelles, entre les murs peints comme des décors de théâtre, en semant une poussière de triples croches amères et de longs accords graves de basse. À chaque coin de rue, sous le réverbère qui l'éclaire, le groupe se pose en cercle et chante un air ancien, un air du vieux carnaval, méconnaissable avec le timbre grêle des cordes. Des portes s'ouvrent, découvrant des jardins riches et sombres, toutes sortes d'habitants apparaissent sur leur seuil pour chanter avec la sérénade. Puis la procession continue, ralentie par l'air tiède de la nuit et la langueur que ces accents tristes versent dans les âmes. Telle est, tous les vendredis de l'année, la *seresta.*

Catherine, de chez elle, n'en percevait qu'un bref écho quand la procession passait devant le Séminaire, un peu plus haut. Elle aimait cette petite musique lointaine et dressait toujours l'oreille pour en entendre les mélodies désuètes. Mais comme s'il avait trouvé un plaisir mauvais à l'empêcher d'écouter, Carlos Magno couvrait ce soir-là les notes grêles d'un bavardage rauque et de rires trop prolongés.

Catherine, sans s'en rendre compte, reporta sa mauvaise humeur sur Gil. Elle lui demanda crûment ce que devenait l'affaire du bar. Depuis qu'elle lui avait remis l'argent pour acheter le Mariscão, elle n'avait plus entendu parler de rien et n'avait pas osé, jusqu'à cette soirée d'impatience et de nervosité, l'interroger directement.

« Je n'ai toujours rien trouvé à acheter, répondit Gil d'un ton sec.

— Mais tu as toujours l'argent ? » insista Catherine.

Il la regarda avec des yeux mauvais. « Cet argent est à moi », siffla-t-il. Elle baissa les yeux. « Je sais. Et c'est bien pour cela que je ne comprends pas pourquoi nous devons encore, ce soir... »

Elle voulait parler de ce qui se préparait mais aussi de tous les trafics sordides dont elle soupçonnait l'existence et qui, soudain, la dégoûtaient profondément.

« Ce soir, coupa Gil, nous aidons des amis. »

La phrase ne souffrait pas de réplique. Elle sonnait comme une porte claquée. Et Catherine sentit qu'il valait mieux se taire.

Ils étaient partis à deux heures du matin, serrés dans la Coccinelle. Gil était au volant, Carlos Magno sur le siège du passager. Catherine, de travers, partageait la banquette arrière avec O Ratoeiro. Il avait aux pieds des chaussures de sport en plastique et dégageait une forte odeur de sueur. Gil conduisait doucement à cause des piétons et des vélos invisibles à cette heure-là. Ils atteignirent Itabaiana à trois heures et demie.

La ville était absolument déserte. Un seul réverbère éclairait la rue principale du bourg, juste en face de la loge maçonnique des « Chevaliers de la Lumière » avec sa façade de faïence bleue. Ils garèrent la voiture (dont Gil avait retiré les plaques). O Ratoeiro resta près du véhicule, le dos appuyé contre un mur. Une crosse de revolver, à sa ceinture, brillait avec des reflets d'acier.

Le couvent était situé tout au bout d'une rue étroite et sombre, qui apparemment se terminait en cul-de-sac. Gil escalada la grille et ouvrit de l'intérieur la porte du jardin. Catherine et Carlos Magno entrèrent. Des poutres, des seaux, d'autres instruments abandonnés par les ouvriers encombraient la cour. Un quartier de lune s'était levé et permettait d'y voir à peu près. Une grande pancarte annonçait que le chantier de restauration avait reçu le soutien de l'Unesco et de la fondation Gulbenkian. Ils atteignirent, au fond, le portail de l'église. Sur le côté, Gil découvrit à tâtons une petite porte provisoire en contreplaqué et l'ouvrit. Il alluma sa torche.

La nef avait été évidée comme un cadavre de pierre. Son sol était excavé et un réseau d'étais s'enchevêtrait jusqu'au plafond. Ils avancèrent vers le chœur. Les perches de bois des échafaudages projetaient sur leur passage des ombres mobiles de tournoi. Ils grimpèrent une échelle à barreaux de pin. Catherine s'enfonça une écharde dans la paume. Par un pont étroit et souple de chevrons, ils gagnèrent une autre porte, ancienne et robuste celle-là, que Gil ouvrit avec un pied-de-biche dans un craquement sec. Ils étaient sur le seuil de la pinacothèque.

C'était une haute galerie refaite à neuf qui sentait la laque fraîche et le vernis. Les toiles, sur les murs, étaient masquées par des bâches de lin. Gil et Carlos Magno arrachèrent ces grossières tentures de protection qui cédaient l'une après l'autre avec un bruit d'accroc. À chaque nouvelle œuvre dévoilée, ils regardaient Catherine. Son rôle était de reconnaître de science certaine, parmi toutes les toiles, les cinq qu'avait expressément commandées Périclès.

Contrairement à l'impression que donnaient les reproductions, c'étaient toutes des pièces d'un format considérable. Quatre sur cinq étaient pourvues de cadres énormes scellés au mur. Ils comprirent pourquoi le prix promis pour ce travail était élevé : les œuvres commandées étaient intransportables.

Après quelques tentatives, Gil, en sueur, fit signe à Carlos Magno qu'il était inutile de continuer et qu'il fallait renoncer. L'Indien était hors de lui. De toutes ses forces, il secouait les gros cadres dorés avec sa main valide, s'arrêtait, suffoquait, reprenait. Finalement, il s'assit par terre, haletant. Gil et Catherine l'attendaient pour rebrousser chemin. Soudain, il se releva.

« As-tu ton couteau ? » demanda-t-il.

Gil fit signe que oui et lui tendit un gros canif pliable.

« Va chercher l'échelle », souffla Carlos Magno en saisissant le couteau.

Gil revint avec l'instrument de chantier sur lequel Catherine s'était blessée. L'Indien lui fit signe de le poser près du plus monumental des tableaux commandés : une vierge à l'enfant de trois mètres de hauteur. C'était une œuvre baroque, probablement exécutée en Europe au XVIIe siècle. Elle était, comme toutes les pièces de la pinacothèque, nouvellement restaurée. Ses glacis revernis brillaient sous la torche comme une nacre sombre.

Carlos Magno grimpa en haut de l'échelle et tendit le bras vers la toile : d'un coup sec, il y planta le couteau. Il tailla ensuite vers le bas, près du bord, descendit quelques barreaux, prolongea son entaille jusqu'au coin inférieur, suivit le bas du tableau, lâcha un instant le couteau qui resta planté jusqu'au manche, déplaça l'échelle, remonta de l'autre côté. Il termina tant bien que mal le bord supérieur à bout de bras, selon une découpe sinueuse.

Catherine suivait ce spectacle, fascinée. Elle vit d'abord l'Indien crever la toile, puis, quand il en eut défoncé le pourtour, la détacher du cadre en la tirant, dans un bruit de fils rompus et de peinture craquelée. Certaines parties adhéraient encore au châssis. Il les dégagea au couteau.

Cette déchirure, la douleur de cette lacération, il parut à Catherine qu'elle les ressentait elle-même. Elle poussa un cri.

« Salaud ! »

Gil, comme un chat, se jeta sur elle. Il la fit taire avec la main. Elle le mordit et continua de se débattre en hurlant. Carlos Magno vint à la rescousse. Pendant que Gil la tenait, il lui envoya un violent coup de poing dans le ventre. Elle tomba à terre.

« Mets-lui un bâillon. »

Gil ôta sa chemise puis en noua une manche autour de la tête de Catherine. Pendant ce temps, l'Indien, à toute vitesse, continuait de crever les toiles. Avec le bruit qu'ils venaient de faire, il fallait aller vite. Il ne découpait plus que de sommaires fenêtres dans les tableaux, ne cherchant pas à suivre les bords, dégageant seulement les motifs principaux, parfois en deux ou trois morceaux. Quand les lambeaux des cinq toiles furent étalés sur le sol, ils les roulèrent rapidement. Carlos Magno saisit ce rouleau, Gil prit l'échelle et poussa devant lui Catherine qui titubait. Ils firent sans précaution le chemin en sens inverse. Dans la cour, ils virent, sur la gauche, que trois fenêtres du couvent étaient déjà allumées. Ils traversèrent à la hâte jusqu'à la grille. Catherine tomba, Gil la traîna par le bras en lui écrasant le poignet. O Ratoeiro avait dégainé son arme. Il les couvrit pendant qu'ils montaient dans la voiture et les rejoignit en courant.

Sur la route de Recife, Catherine garda son bâillon. Elle fixait les cinq tableaux roulés qui dépassaient par le toit ouvrant et, au-dessus d'eux, les étoiles. Ils passèrent d'abord par une villa du bord de mer où ils déchargèrent leur marchandise dans le garage.

Puis ils rentrèrent à Olinda.

XVIII

Catherine passa la journée suivante allongée sur son lit. Le drap sous elle était humide de sueur. La chaleur du jardin entrait en bouffées par la fenêtre sans carreau et caressait son corps. Elle n'avait pas la force de se mettre debout. Il y avait d'abord cette douleur à l'épaule depuis qu'ils l'avaient jetée par terre, et puis cet élancement dans le ventre là où elle avait été frappée, et ces plaies cuisantes le long du dos.

Combien de temps Carlos Magno l'avait-il battue ? Un quart d'heure peut-être, mais de façon continue. Dès qu'ils étaient arrivés chez elle, il l'avait emmenée dans sa chambre, l'avait attachée aux grilles de la fenêtre. Sans lui enlever son bâillon, il avait commencé de la fouetter avec un morceau de câble d'acier effrangé qu'il avait trouvé dans la voiture. Il était presque méthodique dans ses tourments, régulier et calme comme s'il effectuait une tâche de précision. Mais dans sa voix, on sentait vibrer tout ensemble le plaisir et la rage.

« Tu as pitié des tableaux, hein ? Tu pleures sur les croûtes de l'Église coloniale. Tu aimes le bien des riches. »

Il frappait.

« Mais quand ce sont les enfants que l'on tue, les pays pauvres que l'on saigne, tu t'en fous ! »

Catherine fermait les yeux, se cabrait sous les coups. Elle pensait : « Moi aussi, je suis pauvre. » Si elle avait pu le lui dire, il aurait frappé encore plus fort.

« Mais sais-tu comment cela s'appelle quand un pauvre prend l'argent d'un riche ? La justice, tout simplement. »

Il frappait encore.

Gil devait être sur la terrasse avec les autres. Il n'intervint pas et disparut avec ses amis quand ils l'eurent détachée et laissée gémir à terre.

Vers cinq heures du soir, il commença de faire moins chaud. Elle se leva et alla jusqu'à la salle de bains. De gros cafards couraient sur le sol. Quelqu'un avait vomi dans le lavabo. Elle retourna se coucher.

La nuit vint. Elle revit la scène du soir passé, le couteau qui lacérait les toiles. Dans le flou de la même image apparurent ses livres, les reliures de peau qu'elle aimait caresser, chez elle, à Paris. Le couteau, par la superposition mentale des deux images, les perçait aussi. Elle pleura.

La vie reprit en trois jours. Elle se remit à manger, à boire, à sortir, toujours seule. Elle passa même devant la maison de Périclès. Si elle le dénonçait, il s'en tirerait facilement. Il ferait intervenir des amis bien placés et, ensuite sans doute, la ferait assassiner. Mais rien n'était plus étranger à Catherine que cette idée de vengeance. Pour régler ses comptes, il faut exister, dresser son moi blessé contre les autres. Son malheur, à elle, n'était pas l'injustice mais le néant. Que faisait-elle dans cette ville ? Pourquoi marchait-elle seule dans ces rues ? Pourquoi parlaient-ils tous une autre langue que la sienne ? Et cette question saugrenue, cette sourde attente : quand, mais quand pleuvrait-il enfin ?

Catherine s'accrochait à ses moindres douleurs, entretenait les petites infections de ses plaies pour ne point rompre les derniers fils qui la reliaient à ce temps révolu où elle n'était pas seule. Au bout d'une semaine, elle était guérie et désespérée.

Il restait moins de deux jours avant le début du carnaval. La ville était déjà pleine de musique, tous les soirs. Elle prit sa voiture et alla jusqu'à Recife. Elle se promena dans le centre commercial, grisée de musique et de couleurs. Juchés sur des éléphants mécaniques, des enfants éblouis, comme elle, par la lumière et le bruit, fixaient en souriant le visage de leur mère. Des promotions de tissus, de stores, de chaussures dressaient des chicanes colorées au milieu des larges couloirs. Sous une haute verrière entourée de fausses plantes, une foule de gens assis devant de petites tables mangeaient ce qu'ils avaient acheté dans les boutiques environnantes. Des odeurs lourdes de pizzas à peine sorties du four combattaient dans l'atmosphère les effluves de chocolat qui montaient des gâteaux et le parfum aigre, insinuant, du café moulu. Catherine s'assit, avala sans faim une soupe chinoise. Autour d'elle, elle observait les maigres qui s'empiffraient et les obèses qui coupaient tristement en huit les parts minuscules qu'ils se faisaient gloire de manger en public.

L'après-midi, elle alla jusqu'à la plage, près des dunes. Conceição n'était pas dans sa baraque. Un des gamins la reconnut et lui expliqua qu'elle était à l'hôpital depuis deux jours. Elle y allait souvent ; elle n'était pas en bonne santé, depuis l'accident qui l'avait défigurée. D'ailleurs, elle annonçait sans cesse que c'était la fin, mais lui n'y croyait pas. Catherine resta un moment au comptoir, à suçoter une paille piquée dans une noix de coco. Elle n'avait pas de maillot et, de toute façon, ne voulait pas se baigner. Elle repartit.

En passant devant la favela où habitait Gil, elle eut irrésistiblement envie de le voir. Elle tourna dans le chemin de terre et alla jusqu'à l'angle où il prenait fin. Une petite fille très sale, vêtue d'un sac de toile rêche, jouait seule au milieu des flaques. Elle accepta de la conduire jusque chez Gil. Elles prirent une ruelle défoncée, presque un sentier, entre deux rangs de cabanes en briques. Catherine ne s'était jamais aventurée aussi loin dans ce quartier. En marchant, elle sentait l'haleine sure des portes ouvertes, mais n'osait pas regarder dans les maisons. Des femmes jetaient des seaux d'eau dans la rigole laiteuse de la venelle. Entre les planches disjointes des palissades, des chats nains et maigres se faufilaient.

Elles tournèrent deux fois à angle droit, dépassèrent un vieil homme torse nu, le corps flasque, qui lavait un vélo rouge à la selle ornée de franges. Enfin, elles atteignirent un endroit plus dégagé. La promiscuité des maisons s'y relâchait. On sentait que la favela atteignait sa limite. On était en lisière de la campagne, là où les derniers arrivants plantaient en hâte leur cabane. Le decrescendo de richesse, qui commençait avec les gratte-ciel luxueux de la côte, finissait ici. Ceux qui venaient du grand large des terres intérieures et croyaient atteindre la mer échouaient sur ce littoral urbain. Ils empruntaient, pour construire, aux deux milieux affrontés : à la ville, du carton, des planches d'emballage, quelques briques, des plaques d'égout ; à la campagne, des branchages de palme, des souches mortes, de la terre mêlée de paille. La maison de Gil était située peu avant ces confins. Plus ancienne, elle s'était alourdie d'un crépi de ciment, de portes en bois couvertes de bidons d'huile aplatis et martelés. La fenêtre s'ornait d'une grille en fer forgé peinte en bleu clair et, dans le petit jardin, fleurissait une bougainvillée orange. Mais ces touches de couleur ne suffisaient pas à chasser l'impression de misère et d'usure. De la boue séchée éclaboussait le bas des murs, des doigts sales avaient imprimé leurs marques oisives le long des portes. Le linge qui pendait à la corde était troué et mûr. Catherine, heureusement, ne reconnut aucun des habits de Gil.

Une grosse femme sortit sur le seuil et la dévisagea avec une sévérité impavide. Elle était plus noire que Gil, mais à la forme de sa bouche, au regard peut-être, on reconnaissait la parenté.

« Il n'est plus ici », dit-elle.

Catherine baissa les yeux. Puis, pensant qu'il y avait sans doute entre elles le partage pour le même être d'une égale dose d'amour et d'abandon, elle releva la tête et lui sourit.

*

Il faut au moins quinze cuivres pour faire un bon orchestre de *frevo*. Cette musique, réservée au temps du carnaval, mêle des mélodies d'Europe centrale, des sonorités ibériques, des rythmes noirs. Les Pernamboucains en revendiquent l'invention et en maintiennent vive la tradition. Bahia, la rivale, a créé la samba, descendue vers Rio, où elle triomphe.

Quinze cuivres — trombones, saxophones, pistons et autres cors —, c'est beaucoup. Pendant longtemps on ne put imaginer mieux pour faire du bruit. Puis vint l'électricité. Dans cette irrépressible montée aux extrêmes de l'intensité sonore qui caractérise le carnaval, on put enfin faire plus fort. Les quinze cuivres trônent aujourd'hui sur le toit d'un semi-remorque transformé en studio sonore. Ses parois sont tapissées d'immenses haut-parleurs. Leurs trente mille watts retransmettent la musique.

Dès le vendredi soir, Catherine, de sa maison, commença d'entendre au loin, en différents endroits de la ville, l'appel de ces sonneries de fête. Des groupes plus ou moins déguisés passaient à pied dans la rue devant sa porte, montant ou descendant. Sur le fond atténué du *frevo* retentissait le rire nerveux des marcheurs empressés. Catherine pensa que la solitude et la tristesse sont les ennemies du carnaval et qu'elle se devait de n'imposer leur déplorable spectacle à personne. Elle ferma sa porte, but quelques verres de *cachaçà* et voulut s'endormir. Mais dans la nuit chaude lui parvenaient l'écho des pétards et des trompettes, la cavalcade énervée de ceux qui arrivaient en renfort et s'élançaient en titubant vers un autre point de l'immense front du carnaval.

Peu à peu, elle prit conscience que sa tristesse et sa solitude, au contraire de ce qu'elle avait pensé, l'attiraient vers cette foule. Elle avait profondément besoin de fête, car elle n'est pas seulement divertissement mais élan tragique, fusion de l'être avec la multitude. Le carnaval lançait à sa détresse un appel irrésistible. Rester en dehors n'arrangerait rien. Son malheur s'augmenterait seulement d'un exil, d'une punition infligée à l'âme. Vers quatre heures du matin, elle se releva et décida de suivre son désir.

D'abord, il lui fallait un déguisement : elle regarda les passants. Il y en avait de toutes sortes. À la différence de Rio et des parures monumentales de son défilé, Olinda exige peu. Il suffit d'un masque, d'un chapeau trop petit, d'un boa de fausse peluche, d'une paire de bas chaussés par les jambes poilues d'un homme pour faire une « fantaisie ». Le vertige ne naît pas de travestissements extraordinaires mais de détails insolites. À Olinda, la foule paraît banale à distance mais révèle sa folie à qui entreprend de s'y mêler.

Sous son lit, Catherine gardait emballé le dernier cadeau qu'elle avait acheté pour Gil, avant le vol des tableaux. C'était une tenue de soirée, un smoking qu'elle avait fait confectionner chez un petit tailleur de la ville et dont elle lui réservait la surprise. Il le lui avait demandé, quelques semaines avant, en prévision du mariage d'un de ses amis avec une fille de Rio. Elle ouvrit la boîte en carton, écarta soigneusement le papier de soie, sortit le pantalon, le gilet, la veste. Après les avoir contemplés longtemps, étalés sur le lit comme une dépouille de mannequin, elle les endossa à même la peau. Elle retourna l'extrémité des manches qui étaient trop longues pour elle et le bas du pantalon. Le résultat était assez clownesque. Dans le jardin, elle trouva une vieille chambre à air dans laquelle elle découpa une étroite lanière. Elle la noua en cravate autour de son cou nu. Puis, toujours gravement, comme pour se préparer à quelque funeste cérémonie, elle traça deux traits noirs sur son front, en manière de sourcils haussés. Elle fit avec du rouge la marque d'une bouche énorme et hilare qui entamait ses joues. Puis elle sortit.

Quatre jours durant, Catherine mêla sa solitude à l'immense foule du carnaval. Dans les ruelles souvent désertes, les globules humains multicolores formaient caillot, coulaient en lente poix, adhéraient aux portes, traçaient dans les carrefours des turbulences circulaires. La haute ville était déserte, car la pompe invisible de la foule n'était pas assez puissante pour en projeter la masse titubante au-dessus des rues basses. Par moments, le départ d'un nouveau *bloco*, en un endroit imprévu, provoquait une contraction de la marée humaine, un ressac. Autour de la musique nouvelle, la presse devenait soudain plus forte encore, ce qui eût semblé impossible quelques instants avant.

Catherine suivit les bannières vénérables, damasquinées, cousues d'or, écus des fabuleux royaumes africains, derrière lesquelles se rassemblent les musiciens et les danseurs des *blocos*. Elle fit du chemin avec les cabocles, coiffés de plumes et brandissant leurs faux arcs. Elle se mêla aux centaines de Noirs en robe blanche qui frappent deux coques de métal qu'ils appellent *agogô*, sur un rythme usant de mélancolie. Elle s'assit, en bordure de la foule, sur des trottoirs jonchés de gobelets piétinés et de capsules de bière. Des mulâtres la firent danser. Elle dormit sur les marches d'une maison ocre, palladienne par son fronton, baroque par ses mascarons, moderne par ses ruines.

Elle but beaucoup, se maintenant du côté du rêve mais près de cette frontière au-delà de laquelle la conscience observe encore et peut intervenir. Trois jeunes Noirs lui firent une démonstration de *capoeira*, cette danse-combat qui exige plus que de l'adresse, une discipline et une foi. Elle embrassa le vainqueur sur sa bouche édentée, puis s'enfuit.

Elle guetta, contre des braseros, la cuisson de ce fromage frais que pique un bâtonnet. Elle l'aimait juste cuit quand l'huile qui en coule a grillé et forme une croûte brune sur son cœur aigre et laiteux. Elle s'en nourrissait exclusivement.

À deux heures, un matin, elle passa près de l'église São Francisco, ouverte dans la nuit. À travers le contrevent entrebâillé du portail, on apercevait la coupole en or, les torsades berninesques des colonnes, le bleu pâle du chœur, les saints en pied, l'immense crucifix, les rocailles du plafond, la brume de l'encens et les bancs déserts. Elle s'agenouilla dans la rue, sur les pavés.

À Paris, elle avait possédé, dans son ancienne collection, une bible reliée en chèvre du Maroc. Elle ne se sentait guère capable d'en juger le contenu. Dieu était pour elle un auteur parmi les autres. Mais elle aimait beaucoup le grain rugueux de cette édition, l'odeur de ce cuir brut qui donne, quand il est travaillé, l'idée d'une soumission complète à la main de l'artisan. São Francisco lui fit l'impression d'une immense reliure chargée d'or protégeant cet objet inaccessible qu'est la foi. Et comme elle ne savait juger les œuvres qu'à leur forme, elle fut saisie soudain par l'écrasante évidence d'une présence salvatrice à laquelle elle se recommanda.

Pas un instant, en quatre jours, elle ne rentra chez elle. Son costume était tout déchiré, sale. Elle se lavait dans l'eau de mer et dormait sur la digue pendant que le soleil séchait ses hardes. En bas, sur Varadouro, des foules se serraient autour de l'estrade du chanteur Alceu Valença. Un enfant en guenilles dormait au pied d'un haut-parleur tonitruant. Dans une ruelle, elle vit un homme en poignarder un autre. Puis il s'enfuit et elle fit de même. Le rythme de la musique l'habitait, surtout le hoquet du *frevo*, parfois, comme un repos, le tressautement d'une samba. Il y avait partout des tambours. Elle sentait leurs ondes lui entrer dans le ventre. C'était le silence, maintenant, qui lui semblait insupportable quand, en fin de nuit, elle s'égarait dans des rues presque désertes où l'aube, en toile grise, faisait patrouille.

Trois fois, elle vit Gil. D'abord, elle l'aperçut de loin. Il était avec Inacio travesti et une fille. C'était une grande mulâtresse, vêtue d'une tunique blanche qui moulait ses seins et coiffée d'un diadème de jasmin et de buis qui faisait tout son déguisement. Catherine voulut les suivre. Mais dans cette foule, il faut soit se toucher, soit se perdre. Elle les perdit. La deuxième fois, ils se croisèrent dans deux courants opposés de la multitude en mouvement. Il ne la vit pas. La dernière occasion fut meilleure. Gil était assis sur le rebord d'une fenêtre à l'étage d'une maison, rue du 13-Mai, l'épicentre de la fête. La même fille était assise près de lui et caressait sa cuisse. Catherine les aperçut à temps, alors qu'elle était encore cachée à leur vue par un angle de la rue. Elle comprit que Gil vivait là.

XIX

Longtemps, Catherine les observa. Elle s'assit à la table d'un bar d'où elle pouvait les voir, tout en se dissimulant dans l'ombre. La fille quitta la fenêtre. Gil resta, le regard dirigé dans le vague, bien au-dessus de la rue et même des maisons, vers les collines de Gravatá.

C'était enfin le mercredi. Le carnaval était terminé. Mais le convoi de l'orgie ne se freine qu'avec lenteur. La foule était encore là, moins dense, attendant on ne savait quoi puisque les *blocos* ne sortaient plus. Quelques musiciens éméchés passaient en portant leurs instruments de cuivre sous le bras. L'un d'eux, parfois, soufflait comme un juron une note éraillée. Un tapis de canettes écrasées jonchait le sol. Catherine but un grand nombre de bières, ajouta deux verres de *cachaçà.* Elle tremblait.

Par le patron du bar, elle apprit que la maison où séjournait Gil avait été déclarée insalubre et abandonnée. Elle était occupée pendant le carnaval par une pègre qui avait l'audace de s'y aventurer et qui en faisait un dortoir, un belvédère, un lieu de recel aussi, disait le cafetier. La municipalité, cette année, l'avait fait murer au rez-de-chaussée mais cela n'avait pas suffi.

Quand elle eut pris la décision d'entrer, Catherine s'aperçut qu'elle ignorait comment y parvenir : toutes les ouvertures étaient obturées par des parpaings gris. Elle fit le tour, inspecta les issues et découvrit une porte simplement barrée par des étais disjoints, à travers lesquels on pouvait se faufiler. Elle traversa un long couloir et un vestibule obscur puis monta un escalier de marbre noir et blanc dont les marches étaient fendues et les paliers défoncés. Au deuxième étage, tapissé d'un lambris de bois pourri, elle vit une porte entrebâillée et la poussa. La pièce où elle pénétra mesurait environ cinq mètres de longueur sur quatre de profondeur. Deux hautes fenêtres aux huisseries arrachées ouvraient sur la rue. L'enduit des murs était écaillé par l'humidité. Pour tout ameublement, une chaise au dossier cassé et un réchaud à essence traînaient au milieu de la pièce. Sur un tas de hardes, dans un coin, quelqu'un était endormi. Elle reconnut la grande fille, qui tenait son visage caché dans la saignée du coude, pour éloigner la lumière.

Gil était assis entre les deux fenêtres, la tête dans les mains. C'était un lendemain de fête, cruel. La lumière du matin posait sur les visages un pansement blanc sous lequel on devinait la douleur et le sang figé.

Catherine avança jusqu'au centre de la chambre. Le carrelage descellé vibra sous ses pas. Gil releva les yeux. Ses pupilles élargies faisaient son regard plus noir, mais vide. Il la vit plantée devant lui, le visage barbouillé de la poussière des rues, un costume de soirée trop grand et en loques sur le dos. Leurs regards épuisés étaient fixés l'un sur l'autre, sans expression. Catherine ne pensait pas ; elle n'avait aucun plan. Ses gestes lui étaient dictés par le désir, le malheur et s'exécutaient avant que la conscience eût porté sur eux sa censure.

Elle s'accroupit près de Gil et lui prit la main. Elle voulait seulement la baiser. Il la retira violemment et s'écarta. Elle saisit sa jambe et, s'étalant à sa poursuite sur le sol, elle colla le pied nu de Gil contre son visage. Elle voulait sentir de nouveau cette odeur de peau sombre, de terre, de sueur qui lui manquait peut-être plus que lui-même. Il se dégagea et sa jambe la heurta. Elle était faible et grisée. Elle perdit l'équilibre et roula sur le côté.

Gil s'était relevé. La fille, réveillée par ces bruits, s'était dressée sur son lit de fortune, le corps mal couvert d'une guenille qui lui découvrait le buste.

Catherine tenta lourdement de se retourner, comme un hanneton, gênée par la fatigue et l'alcool. Elle pleurait silencieusement et de sa bouche pâteuse les mots sortaient avec un accent bizarre, qui semblait de dédain :

« Garde-moi, Gil, garde-moi avec toi. N'importe où. »

Elle rampa jusqu'à lui, les bras tendus. Il la repoussa avec un dégoût halluciné. Elle retomba, approcha de nouveau à quatre pattes. Gil la regardait comme un monstre sorti de cette matinée d'illusions refroidies. Elle avait un filet de sang à la lèvre. Tout ce qui, en elle, n'était pas vieillesse, était blessure.

« Tue-moi, Gil, si tu veux. »

Par la déchirure de son gilet de percale sombre, on voyait sa peau livide semée de grains de beauté, comme des lentilles flottant sur du lait.

Elle ne bougeait plus, pleurait en le regardant. Il se passa un long instant. Un groupe de fêtards attardés marchait dans la rue en poussant des cris. Gil parut s'éveiller en sursaut. Il regarda la mulâtresse, jeta un œil vers la rue d'où personne ne pouvait le voir car les maisons d'en face étaient plus basses. Alors, posément, en prenant un léger élan, il frappa. Il envoya un coup de pied en visant la figure, avec l'aisance d'un danseur de *capoeira*. Le coup porta sous le menton. Catherine s'effondra sur le dos, les yeux fermés.

La suite ne dura pas trente secondes. Gil fit signe à la fille de sortir. Elle rajusta son semblant de tunique et disparut dans l'escalier. Il revint au milieu de la pièce, s'agenouilla près de Catherine, qui avait repris conscience. Elle tourna la tête vers lui, étourdie par le choc, et sans pouvoir encore faire un geste. Elle lui sourit. Il palpa son gilet, son pantalon déchiré.

« Il n'y a rien », dit-elle d'une voix faible et rauque.

Il retourna une à une les petites poches de la veste. Deux pièces sans valeur roulèrent sur le sol.

« Mais tout est à toi », ajouta-t-elle les yeux fermés.

Il se redressa, marcha vers la porte. Puis il revint en arrière et sans expression, comme s'il exécutait quelque tâche automatique et nécessaire, il saisit le réchaud à essence et en vida le réservoir sur Catherine. Elle semblait se réveiller sous le jet froid, comme un ivrogne qu'on inonde. Elle clignait des yeux, crachotait en riant le liquide amer et entêtant qui lui coulait dans les cheveux, sur les seins et s'insinuait jusqu'au frisson dans le creux sensible de ses aisselles.

Gil recula de deux pas. Son mouvement fut précis et rapide. Presque instantanément, l'allumette qu'il lança enflamma l'essence dans un souffle.

XX

À l'époque où naquit René Chavard, ses parents habitaient une plantation d'hévéas au fond de la forêt laotienne. C'était en 1944. Son père ne voulait pas quitter le domaine pendant cette période troublée. Il fallait pourtant déclarer l'enfant au bureau de l'état civil qui se trouvait à Vientiane. Heureusement, le colon d'un domaine voisin devait se rendre à la capitale cette semaine-là pour régler une affaire urgente. Il accepta, dans le même temps, d'aller faire enregistrer la naissance.

L'homme fit dans la boue ce voyage de deux jours. Il arriva crotté et fourbu devant l'officier d'état civil et là, au moment de décliner les prénoms de l'enfant, resta coi. Impossible de se souvenir de ce que lui avait dit le père. Le fonctionnaire l'aida, lui tendit des poignées de Michel, de Jules, des brassées de Robert, de Maurice, de Luc, de Georges, d'Édouard. Non, ce n'était pas cela.

Une main sur le front, l'homme s'assit et mesura le désastre. Le prénom choisi était tombé quelque part sur la piste et il était perdu. Il fallait pourtant donner une identité à cet enfant dont le matricule, la date de naissance et la filiation occupaient déjà toute une ligne du registre ouvert. D'autres parents arrivaient et s'impatientaient. On résolut de reprendre, pour cet être abandonné par son prénom, l'identité du dernier bébé déclaré avant lui : c'était un René. Il fut René.

Claude, le nom choisi et égaré, resta le seul que, leur vie durant, les parents voulurent connaître. Pour eux, pour ses intimes et pour lui-même, leur enfant resta Claude.

Mais officiellement, ce fut René qui fit d'assez médiocres études et passa en Métropole une capacité en droit. Claude se maria en 1965 avec une jeune fille dodue affectée d'un léger strabisme. Attiré par les pays chauds de son enfance, Claude poussa René à passer un concours du Quai d'Orsay. À quarante-cinq ans, après avoir survécu à trois capitales africaines insalubres, il avait été nommé consul de France à Recife. Le poste était modeste ; René espérait mieux. Mais à cette vie douce, ensoleillée et tranquille, Claude ne voyait que des avantages.

Le consulat était calme. Quelques touristes imprudents venaient se plaindre, en short, qu'on leur avait tout volé. L'administration disposait d'un pécule pour qu'ils aillent se rhabiller. Des parents hagards, l'œil cerné, se repassaient avec autant de précautions que s'il se fût agi d'explosifs un berceau tout neuf où dormait l'enfant qu'ils venaient d'adopter, au terme d'une gestation mentale de dix ans. Chaque année, une dizaine de navigateurs un peu cancres, confondant Christophe Colomb avec Mermoz, manquaient les Antilles et venaient s'échouer à Natal. Il fallait les mettre en règle avec les visas et les rejeter à la mer.

Seul le carnaval mettait un peu d'agitation dans cette monotonie. Le consul représentait la France dans les principales manifestations. L'exercice était délicat. Il fallait à la fois danser, se travestir avec fantaisie, boire et chanter tout en restant lucide et vigilant pour préserver la dignité de la République. Cette année, le carnaval s'était très bien passé. Aucun épisode tragique n'était à déplorer. Le consul s'en félicitait, ce jeudi matin, au bureau, quand il reçut un coup de fil de l'hôpital de la Restauration. Une Française y avait été admise au service des urgences dans un état grave. René Chavard s'y rendit immédiatement.

Le lendemain du carnaval, l'entrée de cet immense hôpital ressemblait à une antenne de chirurgie de guerre. Partout, jusqu'au sol même, étaient allongés des blessés gémissants, saignant de larges impacts de balles, d'estafilades profondes, vomissant l'alcool ou le poison. Le personnel médical était invisible. Le champ de bataille paraissait abandonné. Le consul enjamba ces débris de fêtards, ces victimes du grand match annuel que la fête dispute avec la misère et monta au premier étage. Non sans mal, il finit par rencontrer une infirmière qui connaissait l'affaire. Elle le fit entrer dans une pièce bleu clair dont les murs, à hauteur d'homme, étaient souillés de traces séchées. On reconnaissait là, sur ce fond céleste, toutes les encres avec lesquelles la souffrance humaine peut écrire. Au plafond, un ventilateur à pales avertissait qu'il était d'humeur à décapiter quelqu'un. La chambre était prévue pour deux malades mais elle était meublée d'un seul lit, en fer, plaqué contre la fenêtre. Le consul approcha.

Sur le drap écru reposait la masse souffrante d'une femme complètement nue, le visage, les seins, les aisselles, le haut des bras boursouflés par une horrible brûlure suintante. La peau cuite avait pris des couleurs de lymphe, couverte d'un glacis jaunâtre, mais laissait voir en profondeur, comme à travers une vitre malpropre, des affleurements de veines lilas et de tendons adustes. Elle ne pouvait remuer les lèvres, car la plaie s'enfonçait dans la bouche et sur la langue. Ses mains étaient indemnes. Elle avait aux ongles des traces de vernis écaillé mais pas de bague.

Le consul prit doucement une de ces mains dans la sienne. La malade ne réagit pas.

« N'ayez pas peur », chuchota-t-il.

Il était si bouleversé qu'oubliant son identité officielle il se nomma comme à un proche :

« Je m'appelle Claude. »

Le consul mit tout en œuvre pour découvrir qui était cette femme et d'où provenait son horrible accident. Il apprit qu'elle était arrivée aux urgences dans un taxi accompagnée de deux personnes d'Olinda. Le consul retrouva ces sauveteurs à la terrasse du bar Pitombera. En entendant des cris dans une maison abandonnée de la vieille ville, ils l'avaient découverte, le corps semé de flammèches, incapable de réagir. Dans l'attroupement qui s'était formé quand on l'avait sortie dans la rue, plusieurs personnes l'avaient reconnue. Le consul sut ainsi que la pauvre femme était française et vivait près du Séminaire. Il se rendit à sa maison, qu'il trouva ouverte à tous les vents. Des voleurs avaient dérangé les objets mais les avaient jugés si peu dignes d'intérêt qu'ils ne les avaient même pas dérobés. Un vieux voisin accepta de renseigner le consul. Il apprit ainsi que la femme s'appelait Catherine et fréquentait des voyous. Sur une étagère de planches et de briques, il découvrit même sa carte d'identité. Elle n'était évidemment pas inscrite au consulat et vivait avec un visa de tourisme indéfiniment prolongé. Plus tard, en interrogeant la communauté française, René Chavard apprit qu'elle avait des liens avec Richard et Aude. Par eux, il connut le nom de son ami brésilien, ce Gilberto dont elle était devenue si amoureuse qu'elle avait rompu avec tous ses amis.

Rien ne contraignait le consul à aller plus loin. Après tout, c'était une affaire crapuleuse comme tant d'autres. Il prit cependant fait et cause pour cette femme, victime d'un destin aussi atroce. Claude demanda à René de faire justice. Il téléphona à la police fédérale. Deux jours plus tard, Gil était en prison.

En moins de quarante-huit heures, par des méthodes que le consul préférait ne pas connaître, Gilberto Barbosa Diniz da Silva avait fait des aveux complets. Catherine avait voulu se séparer de lui et il ne l'avait pas accepté. Il l'avait séquestrée dans une maison abandonnée pour lui soutirer l'argent qu'elle ne lui donnait plus et la violer. En se débattant, elle avait renversé le réchaud à essence et s'était incendiée sur un mégot. Gil s'était enfui de peur d'être découvert. Voilà les déclarations « spontanées » que la police brésilienne, toujours admirable de finesse et de douceur, avait consignées dans son procès-verbal.

C'était donc bien une minable affaire de brigandage, favorisée par l'imprudence de cette femme qui avait perdu la tête pour un voyou veule et lâche. Ce qui révoltait le plus le consul, c'était qu'on pût se sauver devant un danger plutôt que de porter secours à quelqu'un. Le fonctionnaire prit cette femme en grande pitié. Il savait combien les touristes sont vulnérables dans ce pays. La plupart du temps, ils ne subissent que des préjudices d'argent. Cette malheureuse, elle, payait sa crédulité de sa vie. Depuis un certain temps déjà, le consul pensait demander au Quai d'Orsay l'autorisation de faire imprimer une petite brochure mettant en garde contre les dangers de cette ville et décrivant les principaux pièges. Bien sûr, il faudrait du tact pour la rédiger sans froisser les susceptibilités brésiliennes. Mais du tact, René s'en voyait de reste.

En attendant, il s'occupa de Catherine bien au-delà de ce que cette affaire exigeait de lui d'un point de vue strictement administratif. Il allait la voir chaque jour, intervint pour la faire transporter dans une chambre plus agréable, commanda pour elle en France certains médicaments nouveaux et coûteux, encore introuvables au Brésil.

Catherine se rétablit très lentement. On ne craignait plus pour sa vie, mais la cicatrisation en cours la défigurait horriblement. Ceux qui la voyaient tous les jours percevaient l'amélioration. Ceux qui la découvraient pour la première fois avaient un recul d'horreur.

Elle recommença peu à peu à réagir et même à communiquer. En quelques mois, elle put se lever puis marcher, s'alimenter sans sonde, parler. Passé la phase aiguë de la brûlure, le consul la prit chez lui. Sa femme se montra d'un grand dévouement pour la malade.

Du côté judiciaire, l'affaire suivait un cours normal pour le Brésil. Gil était inculpé de vol, coups et blessures et non-assistance à personne en danger. Ces charges ne lui faisaient pas risquer une bien lourde condamnation. Mais la police avait découvert des achats suspects qu'il avait réalisés avec des fonds de provenance inconnue. Elle enquêtait sur ses autres activités illicites. Il était encore trop tôt pour informer Catherine de tout cela.

Sur la terrasse ensoleillée de l'appartement du consul, au quinzième étage face à la mer, elle reprenait lentement pied dans la vie. Elle regardait tout avec étonnement et d'abord ces gens affairés autour d'elle. La femme du consul, son mari, leurs deux enfants avaient pour elle une tendresse qu'elle s'expliquait mal. Ils la plaignaient sans cesse. Mais de quoi, au juste ? Que savaient-ils de ce qu'elle avait vécu ? Elle fit de grands efforts pour tout se remémorer. Ainsi, ce qu'ils prirent pour les bienfaits de sa guérison n'était en vérité que le réconfort étrange du souvenir.

XXI

D'abord était entré en elle un immense plaisir. Ce feu, qui l'avait si profondément blessée, n'était à son début qu'une étreinte inouïe. Dans son ivresse, elle y avait seulement vu, plus intense que jamais, la force de Gil tendue vers elle, léchant son visage et ses bras, pénétrant sa bouche. Puis la douleur était venue. Le râle s'était fait cri. La morsure, cette fois, ne s'arrêtait plus. Nulle borne de pitié n'épargnait sa chair livrée au désir qui ardait.

L'insupportable, cependant, est un mur qu'il suffit de frapper assez longtemps pour qu'il s'écroule. Alors, il livre passage à un fluide calme, assourdi comme une eau, peuplé d'illusions liquides et de voix caverneuses. Tels étaient, sans doute, le paradis des sorcières, la gloire du bûcher, la jouissance aperçue par la foule, à travers les flammes, sur le visage noirci des suppliciés.

Catherine avait perdu connaissance mais pour gagner aussitôt de vastes territoires de rêves, où elle s'était sentie délivrée de toute prudence et de toute crainte, rassurée par l'épreuve d'une douleur indépassable. Des mains intimidées l'avaient transportée, secouée, étendue, pansée. Elle n'en avait rien éprouvé. Pour la première fois, son esprit, tel un vaisseau, s'était arraché de son corps. Ce qu'en ces dimanches de pluie si lointains, à Paris, interminables, elle avait tant désiré, voilà qu'elle l'obtenait enfin. À terre, comme une dernière harde, gisait son corps fondu et elle le surplombait dans un espace pur de sensations revenues et de rêves habités.

Pourtant, ce n'était point la mort. De temps en temps, quelque trop brutale infirmière décollait la peau vive de ses plaies et plantait dans l'aile de son esprit une flèche minuscule. Catherine faisait une grimace, lâchait un murmure, on croyait qu'elle allait s'éveiller. Mais, rétive à l'appel de la réalité matérielle, elle regagnait vite les champs pastel du rêve.

Au milieu d'eux courait Gil. Gil nu, de face, qui riait, ses deux dents manquantes devenues norme et rendant horrible la symétrie de toute autre bouche. Gil étendu sur un sable si blanc et si fin qu'il semblait sel brut de la mer à peine retirée. Gil faisant l'amour, les paupières un peu fermées. Gil découvrant ses cadeaux, heureux sans doute mais composant la moue de l'enfant qui les a trop longtemps attendus. Gil mentant, le regard bien franc. Gil disant la vérité, les yeux baissés. Gil, l'après-midi, brillant de sueur comme une pépite sombre dans le torrent du lit. Gil extrême pointe d'une coulée de chair noire et brûlante jaillie des entrailles de l'Afrique. Gil tronc de vie déraciné, pompant son suc dans l'ordure et le sang pour en nourrir le cuivre immarcescible de sa peau, les rameaux doux de ses doigts aux fins sillons et les baies roses de ses ongles.

Le sommeil et la veille avaient disparu, accouplés en un indistinct état. Gil ne la quittait plus. Jamais elle n'avait passé un temps aussi long avec lui, seule. La guérison les sépara et fut comme un arrachement.

Son corps ranimé attira de nouveau Catherine en elle-même. La douleur calmée fit plus mal car, désormais consciente, elle recommençait de la sentir. Revinrent, séparés, des nuits et des jours. La poussière de ses visions se concentra, devint rêve, marqué d'invraisemblance, opposé à la stricte obédience du réel. Autour d'elle réapparurent des bruits de voix, des paroles. Elle sentit la faim, la soif, la chaleur, les odeurs, la solitude. Ses yeux opérés se rouvrirent et virent, d'abord troubles, puis nettement, les couleurs passées de sa chambre.

Elle découvrit un jour des fleurs sur sa table de nuit et, au pied du lit, Richard et Aude silencieux.

Un peu plus tard, ils avaient disparu. Un petit homme calme, grave, le visage mangé par un nez camus, venait régulièrement lui rendre visite et se retirait souvent sans avoir dit un seul mot. Il se nommait Claude. Il lui annonça un matin qu'on allait la transporter chez lui. Sa nouvelle chambre donnait sur la mer. Les vagues l'une après l'autre jetaient sur la grève les sacs d'écume qu'elles avaient apportés sur l'épaule. Lentement, Catherine apprit à se lever, à se mouvoir. Elle fit ces efforts douloureux avec mélancolie, comme un évadé capturé qu'on renferme dans sa chair.

Dans la salle de bains attenante à sa chambre, tous les miroirs avaient été retirés. Un matin, seule, elle marcha jusqu'au salon et fit dans une coiffeuse à glace ronde la terrible rencontre d'elle-même. Sa peau, cousue de greffes, tendue par de profondes brides, avait poussé des bourgeons livides. Son nez avait disparu, sa bouche était distendue par un rictus d'épouvante.

Elle regagna sa chambre en hâte et pleura. Pendant trois jours, elle témoigna d'un très grand abattement. Elle refusait de manger, de se laver. Les médecins, l'entourage se demandaient quelle pouvait bien être la raison de ce marasme. Le consul fut le premier à deviner ce qui s'était passé. Il lui parla avec beaucoup de douceur et de tact. Elle se ressaisit.

Pourtant quelque chose avait irrémédiablement changé. Dans les yeux des autres, elle lisait maintenant le dégoût surmonté à grand-peine, l'horreur mal vaincue et qu'un éclairage nouveau, un geste, une position inattendue pouvaient à tout instant faire resurgir.

Rien, en elle, ne pouvait plus susciter l'amour. Elle appelait l'effroi ou l'oubli. Sa seule pensée était : l'amour est mort pour moi à jamais.

Peu à peu, après l'avoir inlassablement creusée au cours de ses journées vides, Catherine quitta cette pensée, la regarda de loin, s'en étonna.

Peut-être ne pouvait-elle plus susciter l'amour mais, pour autant, elle était toujours capable d'en éprouver. Ce qui avait pris fin, au fond, c'était la redoutable contradiction dans laquelle elle s'était enfermée : n'aimer que pour être aimée, s'offrir mais pour acquérir celui qui vous reçoit, enchaîner l'autre dans le sacrifice qu'on prétend faire pour lui. Au fil des longs jours solitaires, souffrants, obnubilés, elle démêla cette étrange pelote.

« On aime la mer, pensa-t-elle. Pourtant la mer ne nous aime pas. »

Puis en considérant les visiteurs et leurs mines effrayées, elle se dit :

« Je ne suscite plus que le dégoût et pourtant, moi, je puis apprécier les êtres comme avant, sentir que celui-ci me plaît, que cet autre m'est antipathique. L'amour véritable vient de nous seuls et ne requiert aucun retour. »

Avec le temps, elle finit par juger presque beau cet état qui la contraignait à ne rien attendre, enfin, du dehors. Elle se sentait délivrée du besoin de possession qui l'avait conduite à vouloir se donner toute. Sortie de cette prison mentale, il lui restait l'amour, l'amour pur, celui que l'on offre et qui n'attend rien.

XXII

Pendant plusieurs mois, la maladie l'avait coupée du monde. Elle n'avait pas lu les journaux qui parlaient de l'affaire. Elle ne savait pas que Gil allait être jugé et, à vrai dire, n'y avait jamais pensé. Quand elle l'apprit, elle se fit le reproche de ne s'être toujours préoccupée que d'elle.

Le consul était assis derrière son grand bureau verni. Près de lui, un drapeau français s'anémiait sur sa hampe, faute de vent. Il considérait avec satisfaction les épreuves de la brochure d'information qu'il avait enfin fait financer par le ministère. On pouvait y lire une description des principales embûches rencontrées par le touriste au Brésil. Un chapitre était consacré aux couples mixtes. Le sujet était très délicat. Le texte résumait seulement quelques cas réels, suffisamment transposés pour n'être pas indiscrets. L'affaire de Catherine avait servi de modèle à une histoire édifiante qui montrait combien certains voyous étaient sans scrupule et dangereux.

La secrétaire entra et lui annonça que Catherine, justement, était là et demandait à le voir. Il accepta. C'était la première fois qu'il la rencontrait hors de chez lui, habillée normalement. Il eut un choc en la voyant entrer.

Elle portait une robe droite, rouge foncé. Du col arrondi sortait son visage supplicié comme un soufflé de chair débordant le cercle régulier d'un moule de cuivre.

« Je suis venue, dit-elle, vous remercier de ce que vous avez fait pour moi. »

Claude reçut cet hommage avec émotion, mais il sentait aussi l'âcre goût du doute : quelle vie, en la sauvant, lui avait-on donnée ?

Catherine ne le laissa heureusement pas errer dans ces pensées.

« J'ai autre chose à voir avec vous, si vous m'y autorisez.

— Je suis à votre entière disposition.

— Voilà : j'apprends que Gilberto doit être jugé.

— C'est exact. Dans dix jours.

— Je ne le veux pas », coupa-t-elle.

Le consul quitta son sourire, prit l'air solennel.

« Cet individu vous a humiliée, volée…

— Non, intervint Catherine vivement, il ne

m'a pas volée. Il a mis le feu, voilà tout. Mais c'était ma faute.

— Il a mis le feu », répéta lentement le consul.

Catherine, à cet instant, saisit qu'il ne savait pas la vérité et qu'elle venait de la lui révéler. Mais quelle vérité était-ce là ? Que pouvait bien comprendre, en se tenant à ce seul geste, cet homme timide et qui n'avait peut-être jamais aimé ?

« C'est impossible, trancha le consul en se redressant. Ce garçon sera jugé et condamné.

— Il suffit que vous retiriez votre plainte.

— Cela n'arrêterait pas la procédure. C'est la justice brésilienne qui le poursuit.

— Mais puisque la victime elle-même ne demande rien !

— Il n'y a pas que la victime qui compte. C'est la société qui le juge. Il y a la loi. Il l'a transgressée.

— La loi me donne quand même le droit de ne pas le considérer comme coupable ? »

Le visage inerte et cartonné de Catherine n'exprimait plus aucun sentiment. Seules ses intonations pouvaient transmettre une émotion. Elle criait presque et le consul ne comprit pas qu'elle était au bord des larmes. Il vit dans son ton une hargne contre lui, de l'ingratitude.

« La justice ne vous appartient pas », fit-il en se cabrant.

Elle le regarda longuement et sortit.

L'après-midi même, elle s'installa dans un hôtel du centre-ville, à Recife. Elle envoya le portier chercher ses bagages chez le consul.

Claude eut beaucoup de peine, le soir, en constatant cette disparition. Mais René lui donna la fierté d'avoir défendu l'ordre et la dignité face à quelqu'un qu'emportaient vers le malheur sa déraison et son aveuglement.

Par la direction de l'hôtel, Catherine trouva l'adresse d'un avocat et prit rendez-vous pour le lendemain.

C'était un homme gras et propre, le cheveu bien coupé mais oint à l'excès d'une brillantine épaisse, la peau olivâtre semée de taches pâles. Par son maintien, toute son apparence, il manifestait à la fois sa stricte correction et son absence totale de scrupules. Les clients, flattés qu'une si redoutable infamie s'offre à défendre leurs intérêts, se montraient très satisfaits.

L'homme de loi pratiquait la feinte franchise : il plantait ses prunelles noires dans celles de son interlocuteur et ne le lâchait plus. Avec Catherine, l'exercice était plus pénible. Elle sentait, dévié in extremis par le dégoût, siffler le regard de l'avocat juste au-dessus de ses cheveux comme le poignard habile d'un illusionniste de cirque. Elle admira ses efforts de décontraction, tant elle le devinait au bord de la nausée. Mais il était visiblement déterminé à saisir l'argent partout.

Catherine lui raconta son histoire longuement. Dissimulant la mimique de mépris que ce récit faisait naître en lui, l'avocat promit d'étudier le dossier, de se faire communiquer toutes les pièces et laissa espérer un résultat favorable. Mais c'était deux mille dollars.

Elle accepta.

L'avocat payé, il lui resterait de quoi vivre à l'hôtel pendant un mois. Au-delà, c'était l'éternité.

À la seconde consultation, l'avocat dit que le cas paraissait extrêmement sérieux. Gil était propriétaire (on ne savait grâce à quel argent) d'un petit hôtel miteux à la sortie de la ville, sur la route de Salvador. C'était en réalité une maison de passe où se prostituaient des femmes, dont des mineures. Il était menacé d'inculpation pour proxénétisme. Certains éléments de l'enquête tendaient à prouver qu'il était aussi mêlé au trafic de la cocaïne. L'affaire de Catherine était bien au second plan derrière ces autres dossiers. Toutefois, comme ces accusations graves étaient encore mal étayées, la police voulait le faire tomber en obtenant une lourde condamnation pour l'épisode de la brûlure.

« Il y a sûrement un moyen, dit Catherine nerveusement.

— Sûrement », répondit l'avocat d'une voix grave et qui redonnait confiance.

Il laissa passer un temps, comme s'il se préparait à livrer un secret. Enfin, quand sa réflexion lui sembla mûre, il lâcha son verdict :

« Ce sera mille dollars de plus. »

Catherine discuta. Elle aurait payé cette somme sans rechigner, si elle l'avait eue à sa disposition. Mais la nécessité la forçait à se défendre. Elle obtint que l'avocat baissât son prix à cinq cents dollars, avec la promesse formelle que ce serait les derniers.

L'audience eut lieu huit jours plus tard. La salle du tribunal était très haute de plafond. Des fenêtres à vitraux étaient ouvertes pour aérer et laissaient apercevoir, incongrues dans un prétoire, les grosses raquettes vernies d'un amandier tropical. Le velours des sièges, le cuir des tables, les tapis abritaient dans leur humidité tiède de grouillantes faunes de champignons, de lichens et d'insectes. Ce palais baroque avait des odeurs de sous-bois jonché de souches pourrissantes. On n'eût pas été étonné de voir pousser une termitière devant la barre des témoins.

Sur les bancs du public étaient assis les amis de Gil, mieux vêtus qu'à l'accoutumée, bagués d'or, peignés. Catherine reconnut O Ratoeiro, Carlos Magno et Inacio qui n'avait pas osé se travestir et cachait sa poitrine sous une large veste croisée. Un journaliste voulut prendre une photo de Catherine. Elle se cacha la tête dans les mains. La cour entra, le public se mit debout. Le président frappa un coup de maillet pour ouvrir la séance.

Catherine était très émue. Au cours des nuits précédentes, elle avait répété ce qu'elle allait dire et faire. Elle entendait tout nier, expliquer qu'elle seule portait la responsabilité de la rixe dans la maison abandonnée, qu'elle s'était brûlée après le départ de Gil, qu'elle avait financé son hôtel borgne. S'il le fallait, elle irait jusqu'à menacer publiquement de se suicider s'il était condamné. Elle y était prête et même sur-le-champ. Dans son sac était dissimulé un long couteau qui avait échappé à la très molle vigilance des gardes de sécurité du tribunal.

On fit entrer Gil.

Il était très élégamment vêtu d'une veste de lin noire et d'une chemise à fines rayures grises. Son séjour en prison ne l'avait pas du tout marqué, signe qu'il disposait d'assez de complicités pour s'y procurer tout ce dont il avait besoin. Catherine sentit un grand bonheur à le revoir beau, cambré de fierté. Elle suivit le dessin plein de sa bouche mais quand elle atteignit ses yeux, elle s'épouvanta. Il allait la voir à son tour. Elle eut envie de se cacher sous un banc. Gil, déjà, avait salué le président. Il jetait maintenant un coup d'œil circulaire sur la salle. Son regard, tout à coup, s'arrêta sur Catherine. Son expression ne changea pas. Il n'eut pas un tressaillement en la dévisageant.

Il est né dans l'horreur, pensa-t-elle, et il ne craint pas de la regarder en face.

Elle en conçut une admiration qui la soulagea, quoiqu'elle eût aimé qu'il lui sourît.

La procédure commença. Catherine eut tout de suite beaucoup de mal à suivre les dialogues. Ce portugais de basoche lui était inconnu. Elle mélangeait tout. Elle ne percevait qu'un murmure protocolaire fait de la scansion monotone des pièces d'état civil, d'interjections rituelles entre greffier, assesseur, avocats pour s'assurer de leur approbation. Mais bientôt, Catherine perçut un emballement inattendu dans le cérémonial. Le président désigna un papier, le brandit pour que tout le monde le vît, et le fit circuler autour de lui. L'avocat général, l'air très contrarié, répliqua, se fit rappeler à l'ordre. La machinerie noire de la justice pétaradait comme un moteur qui va rendre l'âme.

Gil, pendant ce temps, paraissait très calme et même amusé. Il lançait des clins d'œil ironiques à ses amis.

Finalement, le président reprit son maillet, frappa un grand coup sur la table et leva la séance.

L'avocat payé par Catherine se tournait dans tous les sens pour essayer de comprendre ce qui s'était passé, glaner des renseignements. Il paraissait complètement désorienté. Il s'éloigna et Catherine resta seule à son banc. Elle entendait des rires parmi le public qui s'écoulait lentement vers la sortie.

L'avocat revint enfin, l'air assuré.

« Le procès est annulé pour vice de forme », dit-il.

Il manquait une signature essentielle et une date de convocation avait été dépassée.

« Alors ?

— Alors, madame, il est libre. »

Il allait ajouter avec emphase « nous avons gagné », mais il se dit qu'elle avait déjà payé et qu'un mensonge était inutile. De deux doigts prudents, il salua et disparut.

Le grand palais était maintenant presque vide et reprenait son lent pourrissement immobile. Catherine n'avait pas bougé. Elle regardait dans le vague. Soudain, elle sentit quelqu'un près d'elle. C'était un vieux monsieur qui se tenait très raide. Il portait un costume de toile grise avec un gilet. Le col jauni de sa chemise avait dû revenir trois fois à la mode, à supposer qu'elle change tous les dix ans. Avec une expression soumise et discrète, il attendait poliment que Catherine le regarde. Enfin il lui dit : « Permettez-moi une remarque, madame. Les trafiquants aujourd'hui achètent tout. Même les tribunaux. Ceux qui ont construit ce palais n'imaginaient pas cela, vous savez. Le grand juriste Rui Barbosa, dont mon père fut l'élève, était un homme d'une profonde culture. Or la culture et la civilisation sombrent ici, madame. La civilisation qui, comme vous, je suppose, vient d'Europe. »

Elle le regardait avec étonnement. Sa moustache frissonnait, signe sans doute qu'il allait pleurer.

« Je suis bouleversé », dit-il.

Elle était prête à le consoler mais il se redressa d'un coup.

« Celui-ci a été trop vite expédié, dit-il avec une hargne soudaine en désignant du menton la place vide où s'était tenu Gil. Je n'ai pas eu le temps d'intervenir. Mais le prochain, croyez-moi, j'en réponds. »

Il se pencha vers Catherine et ajouta à voix basse :

« À mon âge, vous savez, on n'a rien à perdre. »

Il souleva la sacoche de veau qu'il portait et l'entrouvrit. Au fond brillait le canon d'un calibre 38 de quatre pouces.

XXIII

Sur la plage où les chairs jouaient avec le soleil, mais prudemment, au point de s'en faire caresser mais non mordre, la brûlure de Catherine aurait fait scandale, comme une prostituée dans un bal de débutantes. Elle acheta un grand chapeau, des lunettes noires, une robe légère mais à haut col et manches longues, et put se promener le long de l'avenue, en bordure de mer, sans être remarquée.

Elle n'était bien que là. Sans un sou, sans ami, sans espoir mais sans plus de crainte, elle voyait l'avenir totalement dégagé et vide. Comme un esclave que son maître a affranchi et qui ne trouve ni à s'employer librement ni de servitude nouvelle, elle était à la fois fière et désespérée. La liberté flottante, indécise, désincarnée telle qu'elle en disposait aujourd'hui n'avait pour elle ni valeur ni agrément. Elle trouvait à la mer des couleurs pâles et le ciel sans relief d'un bleu presque gris.

Elle voyait dans sa vie la trace de deux esclavages. Le premier, elle l'avait passé dans des bureaux tristes. Le second, c'était sa passion violente pour Gil. Dans les deux cas, sa liberté, son avenir, sa tranquillité avaient été anéantis. Pourtant, un point essentiel distinguait ces deux époques. Sa soumission à Gil était volontaire. Maintenant que s'offraient à elle une liberté sans passion, une oisiveté sans but et sans contrainte, elle se rendait compte que la liberté véritable était sans doute ailleurs. Y avait-il un autre but dans l'existence, un plus grand plaisir, un meilleur usage de l'indépendance que de porter sa volonté et sa vie aux pieds d'un être que l'on a choisi pour en disposer totalement ? La liberté, pensait-elle, c'est le choix de ce qui va vous asservir.

Peu à peu, cette nostalgie peupla l'écran vide de ses journées. Ce regret de la passion révolue était encore la passion. Elle rêvait de Gil. La chaîne n'avait pas cédé. Il la tenait toujours.

Une après-midi, elle poussa sa marche plus loin et parvint aux dunes. De loin, elle reconnut la baraque de Conceição. Un gamin était assis sous le bar, la tête dans les mains. Ce n'était pas Cesario mais un des autres enfants qui traînaient là habituellement. Elle l'appela.

« Je te reconnais mais toi tu ne pourras pas me reconnaître », dit-elle en restant à deux pas de lui.

L'enfant tendit l'oreille, cligna les yeux pour se souvenir. Puis il redressa la tête.

« Si, tu es la dame qui venait. »

Il montra du doigt l'endroit où Catherine mettait d'ordinaire son pliant.

Elle fit signe que oui.

« Comment as-tu deviné ? dit-elle.

— C'est ta voix. Et puis, je t'attendais.

— Tu m'attendais !

— Conceição est morte. Avant de partir à l'hôpital, elle m'a dit que la baraque était à toi. Tu as donné l'argent, n'est-ce pas ?

— Oui, dit Catherine après un instant d'hésitation.

— Bon, donc elle est bien à toi », dit l'enfant et il parut rassuré.

Il se dressa, ôta d'un revers de main le sable qui collait à ses fesses et passa derrière le bar.

« Il faudra que nous fassions les comptes, dit-il. Il y a beaucoup trop de bouteilles vides. Demain matin, j'irai chez le fournisseur. On va faire redémarrer tout cela. »

Catherine approcha de la baraque.

« Où vivait-elle ?

— Là, regarde. »

Derrière le bar, une petite porte en planches ouvrait sur un réduit. Un parquet de troncs mal équarris laissait remonter le sable. Les murs de palmes tressées filtraient le jour dans leurs étroits interstices et tous ces rets obliques s'enchevêtraient sur le sol comme un fagot de lumière. Une longue planche qui flânait servait d'étagère. Un miroir mangé d'oxyde y tenait en équilibre. Autour de lui, des bouteilles de médicaments suaient par le liège vieilli de leurs bouchons. Des taches huileuses boursouflaient les étiquettes et transformaient les lettres en insectes noirs entourés de pattes. Le lit était fait d'un cadre sommaire, en perches d'eucalyptus, sur lequel étaient nouées des lanières de peau entrecroisées. Catherine s'assit sur le rebord. Le gamin la regardait gravement. Elle se tourna vers lui et lui dit : « Il faut d'abord que tu voies cela. »

Ôtant ses lunettes, baissant son col, elle découvrit sa brûlure. L'enfant rapprocha les sourcils et avança la tête pour mieux observer. Il devait être un peu myope. Il scruta attentivement les lésions avec une expression sérieuse et nullement dégoûtée.

« Tu resteras dans la baraque, conclut-il enfin en hochant la tête. Sinon, ce sera mauvais pour les ventes. »

Catherine, à son tour, le regarda. Il était très noir de peau, maigre et ossu. D'un trop large short que retenait une ficelle blanchie d'eau de mer sortaient ses jambes grêles où bombaient deux genoux ronds. Il tenait sa grosse tête un peu inclinée et battait des cils lentement, éteignant par instants le blanc lumineux de ses grands yeux.

« Comment t'appelles-tu ? demanda Catherine.

— Claudio.

— Et moi, sais-tu comment je m'appelle ?

— Conceição. »

Catherine réfléchit un instant puis lui caressa la tête.

« Pourquoi pas », dit-elle.

Le gamin perçut un peu d'ironie dans ces mots et prit l'air vexé.

« Où sont les autres, Cesario et toute la petite bande ?

— Cesario est parti en bus pour Bahia après la mort de Conceição. Les autres, ils traînent dans le coin mais on n'a pas besoin d'eux, n'est-ce pas ? »

Claudio avait froncé les sourcils, en signe d'inquiétude, et Catherine le rassura.

« Non, je n'ai besoin de personne d'autre. »

Elle retourna à l'hôtel, paya. Il lui restait vingt dollars et une valise presque vide. Claudio l'aida à la porter à la baraque. Il dit qu'avec l'argent il y avait largement de quoi reprendre les ventes de sodas et de bière.

Ce premier soir, elle fit un peu de ménage dans la pièce, rangea ses affaires de toilette sur l'étagère, balaya le sol. À six heures, la nuit équatoriale était tombée. Elle sortit une chaise sur la petite terrasse de bois qui faisait face à la mer et s'adossa au mur de palmes de la cabane.

L'Atlantique, son voisin, respirait profondément. Son souffle chaud lui caressait le visage, irritant ses anciennes brûlures de miasmes salés. L'encrier du ciel s'était déversé sur l'océan et il n'y avait pas de lune. Une éruption d'étoiles démangeait l'œil comme une varicelle céleste. Sur l'eau, de rares lumières blanches immobiles signalaient les pêcheurs.

Catherine ne songeait même plus que l'eau pût la séparer d'un ailleurs, encore moins que cet ailleurs eût été autrefois chez elle. Elle ne sentait plus que l'évidence d'être là, si libre de se mouvoir qu'elle n'avait même plus de raisons de le faire.

Claudio revint avec des sandwichs et une noix de coco. Ils mangèrent, puis l'enfant alla se coucher par terre, à côté de la réserve de boissons, enveloppé dans une guenille.

Catherine s'étendit sur le lit. Le fracas de la mer toute proche l'empêchait de dormir, rythmait des pensées récurrentes. Elle voyait Gil et distinguait qu'il était lâche, violent, cruel, inhumain, veule, inculte, égoïste. Puis cette vague d'injures, gonflée au plus fort de son élan, venait mourir dans un bruit d'écume. Elle se disait alors qu'il était aussi humilié, vendu, méprisé, pauvre, terrifié et éprouvait pour sa vie une immense pitié. Mais cette vague aussi mourait et revenait l'autre. Le balancier éternel reprenait sa course.

Elle se débattait, en sueur, au milieu de la nuit, quand enfin son esprit parvint à se détacher, à s'élever comme un goéland, à dominer le cycle épuisant du sac et du ressac. Elle pensa : je ne l'aime ni pour ce qu'il est ni pour ce qu'on lui a fait. Je ne l'aime pas pour sa réalité, mais pour ce que j'y ai mêlé de mes désirs. Seule m'appartient cette image fausse, aimée, créée par moi et qui mourra avec moi.

Les journées, elle restait derrière le bar, en retrait, cachée par l'ombre de la baraque et son chapeau de paille, comme l'avait conseillé Claudio. Sa robe passa, s'effilocha, devint un haillon. Claudio grandit, bien qu'à peine. Deux autres enfants plus petits, venus d'on ne sait où, s'installèrent dans la baraque et aidèrent à vendre les boissons.

Un jour, sur la plage, un homme commanda des bières pour sa femme et lui. Un enfant courait entre la mer et eux, jouait dans le sable. L'homme était assez gras, son ventre dépassait de son maillot en un bourrelet. La femme était brune, plus claire de peau, pas blanche cependant. Il se leva, ramena son fils qui approchait trop du rivage : c'était Gil. Mais il ne vit pas Conceição dans l'ombre de sa baraque, et elle n'eut pas l'idée de rapprocher cette apparition de ses souvenirs et de ses rêves. Elle ne le reconnut qu'après, quand deux jours eurent mêlé ces images à d'autres dans sa mémoire.

Le cycle des saisons équatoriales, de leurs orages violents inondant la cabane, de leurs étés lumineux et moites, s'empara d'elle, en apparence. Elle semblait vivre pour la seule et paresseuse contemplation de ces éléments affrontés, sable et eau, charriant dans leurs éternités des écumes de vie. Bien sûr, ces infinis l'avaient saisie et s'apprêtaient à l'ensevelir. Mais cet abandon n'était point défaite. En vérité, elle méprisait l'éternité et, à sa manière, l'avait vaincue.

Elle tirait gloire d'être mortelle, gloire, contre l'infinie réalité, de se savoir éphémère, de pouvoir cueillir un bouquet du monde qui ne ressemblerait à aucun autre.

En vérité, elle plaignait le sable et l'eau qui, bien sûr, vivraient au-delà d'elle, toujours, mais sans avoir jamais créé une illusion, sans s'y être abandonnés, sans avoir vécu d'elle et qu'elle vive en eux, au point de la faire mourir avec soi. Oui, ils seraient toujours là, mais rien qu'eux-mêmes et n'auraient jamais aimé.

DU MÊME AUTEUR

Aux Éditions Gallimard

L'ABYSSIN, 1997. Prix Méditerranée et Goncourt du Premier roman (Folio n° 3137)

SAUVER ISPAHAN, 1998 (Folio n° 3394)

LES CAUSES PERDUES, 1999. Prix Interallié (Folio n° 3492 *sous le titre* ASMARA ET LES CAUSES PERDUES)

ROUGE BRÉSIL, 2001. Prix Goncourt (Folio n° 3906)

GLOBALIA, 2004 (Folio n° 4230)

LA SALAMANDRE, 2005 (Folio n° 4379)

Dans la collection « Écoutez Lire »

L'ABYSSIN (5 CD)

Aux Éditions Gallimard Jeunesse

L'AVENTURE HUMANITAIRE, 1994 (Découvertes n° 226)

Chez d'autres éditeurs

LE PIÈGE HUMANITAIRE. Quand l'aide humanitaire remplace la guerre, *J.-Cl. Lattès*, 1986 (Poche Pluriel)

L'EMPIRE ET LES NOUVEAUX BARBARES, *J.-Cl. Lattès*, 1991 (Poche Pluriel)

LA DICTATURE LIBÉRALE, *J.-Cl. Lattès*, 1994. Prix Jean-Jacques Rousseau

ÉCONOMIE DES GUERRES CIVILES, en collaboration avec François Jean, *Hachette*, 1996 (Hachette Pluriel)

MONDES REBELLES, en collaboration avec Arnaud de La Grange et Jean-Marie Balencie, *Michalon*, 1996

Composition Imprimerie Floch.
Impression Novoprint
à Barcelone, le 12 avril 2006.
Dépôt légal : avril 2006.

ISBN 2-07-032876-7/Imprimé en Espagne.

140364